대장도 폐가

VERMILION 바밀리온

바밀리온 시선 01

대장도 폐가

초판 인쇄   2018년 12월 20일
초판 발행   2018년 12월 30일

지 은 이   김광원
펴 낸 이   김한창
펴 낸 곳   바밀리온
주   소   전주시 덕진구 가리내 6길 10-5 클래식 302호
전   화   (063) 253-2405
팩   스   (063) 255-2405
이 메 일   kumdam2001@naver.com

일 러 스 트   김한창
출 판 등 록   제2017-000023

인 쇄 제 본 새한문화사
주   소   (10881) 경기도 파주시 광인사길 211-2
배 본   처   런닝북 물류센터/경기도 파주시 신촌동 65-4

정 가 12,000원
I S B N 979-11-962440-6-4

이 책은 2018년 전라북도 문화관광재단 문화진흥기금을 지원 받았습니다

Printed in KOREA

대장도 폐가

김광원 시집

발밑에 감나무 잎이 떨어진다. 한 잎 주워 드니, 잎은 붉고 생명줄이 섬세하게 그려져 있다. 요즘 며칠 노랑 은행잎이 장관을 이루더니, 비가 오면서 우수수 떨어진다. 시들어 떨어지면서 이렇게 장엄한 풍경을 이룬다는 게 경이롭다. 십삼년 동안의 시를 묶어 내 바깥으로 띄워 보낸다.

현재의 나를 끌어는 힘은 이미 만들어져 흘려보낸 시가 아니라 아직 내 태어나지 않은 시에서 나오고 있음을 느낀다. 그 설렘이 오늘의 나에게 큰 위안으로 작용한다. 그러나 혹 시마저 잊을 수 있다면 훨씬 더 멋진 일일 것 같다. 감나무 붉은 잎이 떨어지는 것처럼.

2018년 겨울 초입
전주 도당산 기슭에서 김광원

■■■■■ 차 례

시인의 말 5

제 1 부 · 민달팽이

누에들의 꿈 18

달맞이꽃 19

홍어 20

바지락 21

매미허물 22

백목련 23

민달팽이 24

무꽃 25

아득한 거리 36

봄동가족　27

누드　28

나는 탑동의 마네킹　30

단풍나무　32

꽃나무와 새　34

애월바다　36

뱀사골 밤풍경　38

달래무침　39

금오도 바람꽃　40

제 2 부 · 개벽의 아침

겨울나무   44

손톱을 깎으며   46

홍어꽃   48

고도리 입상   50

드러누운 미륵사탑   52

애기똥풀 같은 것이   54

직소폭포   56

피아노   58

겨울, 두물머리에서   60

째보선창   **62**

황차 만들기   **64**

어성초 밭에서   **66**

곰소항에서   **68**

앨리슨 래퍼   **70**

개벽의 아침   **72**

공사판에서   **74**

씨앗   **76**

제 3 부 · 파도타기

숯가마 속에서　　78

선운사 꽃무릇　　80

눈부처　　82

법주사 쌍사자석　　84

작설　　86

우주정거장에서　　88

넝쿨장미　　90

아중호수　　91

소신공양 92

굴렁쇠 94

대장도 폐가 96

파도타기 98

천장사 앞에서 100

흑백알락나비의 죽음 102

향일암 104

월식 105

제 4 부 · 변산바람꽃

강마을에 사는 것들　108

2011 꽃소식　112

광우병　110

개, 사진 5장　111

황제펭귄　114

북극곰이 풀을 뜯는다　116

바다표범　118

잃어버린 하늘　120

자갈치 시장 꼼장어 집　122

반구대, 암각화가의 독백　**124**

등대의 손　**126**

달맞이꽃 2　**128**

흑등고래의 노래　**130**

변산바람꽃　**132**

새벽시장　**134**

돌나물물김치　**136**

봄　**138**

아리랑　**139**

제 5 부 · 촛불혁명

비탈길, 붉은 강이 흐르네   142

호접몽   144

타워크레인 김진숙   146

은행나무   147

찔레꽃   148

촛불과 헌법 제1조   150

금강초롱 속에는   152

홀로코스트   154

촛불미사를 바라보며   156

임정가   158

우리 강은 왜 울어야 하는가   **160**

큰빗이끼벌레   **162**

이팝나무 길   **164**

트럼프에게   **166**

사드 아이러니   **168**

소녀상   **170**

촛불혁명   **172**

한바탕 축제   **174**

155마일 평화의 띠   **176**

■ **시, 내 삶의 수련**   **179**

■■■■ 제 1 부

민달팽이

누에들의 꿈

한겨울
길모퉁이
번데기가
끓고 있네.

한두 점
내리는 눈발
함박눈 내리려나.

달맞이꽃

달도 없는
어둠 속에
달빛을
품었어라.

천년을
기다리다가
오늘 문득
잊었어라.

홍어

썩고 썩고
또 썩어서
나 이제
없어지네.

한겨울
보내고 나니
온누리에
꽃이 피네.

바지락

싱크대 바가지 속
일이 없어 고요하다.
혀끝을 길게 내밀어
가물가물 파도 소리

뒤집혀 산다 해도
목숨은 지금 여기
어둠 속 창틈을 따라
별빛 한 점 떠 있네.

매미허물

길
고
긴
어
둠
의
끝
자
락
사방천지에울려
오는당신의소리

백목련

팽이가
중심을 잡고 서 있으면
정말 흔적도 없지.
중심과 중심이 하나로 겹쳐지는
그 순간
영혼은 새로 태어나지.
이슬 내리는 아침,
꿀을 물고 있는 나비처럼
고요하지.

저 빛나는 것들 좀 보아.
뿅뿅뿅뿅······
병아리들이 깨어나고 있어.

굉음轟音을 울리며
하늘과 땅이 붙어 버렸어.
우와아아아우와아아아······
심장이 열리고 있어.

민달팽이

등이 좀 허전하다.
끈질기게 붙어 있던 껍데기를 내려놓으니
이제 어디든 갈 수 있을 것 같다.
더듬이눈을 이리저리 흔들며
오늘은 어디로 갈까?
바람도 멈추어 사방은 고요하고
깊어가는 어둠의 시간 속으로
오체투지, 온몸을 내던져 엎드리면
아롱아롱
멀리서 다가오는 별빛, 별빛이
갇혀 있던 내 삶의 감각을 새로 깨운다.
끝없이 움직이는 두 뿔은 또 바람을 만나
바위가 되어 바위를 지나고
나무가 되어 나무를 기어오르고
소리 없이 저어가는 그리움의 강,
달빛 부서지는 어두운 숲 속에서
훌훌
나는 지금 그대 가슴 한복판을 지나간다.

무꽃

작년 늦가을에 아내가
정읍 북면에서 가져온,
비닐봉투 속에 무심히 누워 있던
대여섯 개의 무가
아파트 보일러실 옆, 햇빛도
들지 않는 곳에서
각자 하나씩 연보랏빛 꽃을 피웠어요.
어떤 건 벌써 시들어가고
어떤 건 막 봉오리를 터뜨리고
한 생의 절정을 노래하고 있어요.
이 집 주인은 시 쓴다고 하면서
그 좋은 풍경들 다 흘려보내고
무얼 하는지 모르겠더니
글쎄, 무는 오늘
내버려진 하얀 비닐봉투 속에서
봄꽃을 피워 올린 거지요.
흙냄새 그리워 봄꽃 피우고는
한 줌 바람으로 소리 없이 떠나가네요.

아득한 거리 距離

별은 거리입니다.
아득한 거리는 아득한 별입니다.
빛이 탄생하는 곳,
그
텅 빈 거리는 내 영혼의 피부를
설레게 합니다.
천 개의 손이 다가와
여윈 내 이마를 어루만집니다.
당신 앞에 나는 고요할 뿐,
당신은 나를 놀라게 합니다.
입춘을 며칠 앞두고
오늘은 눈이 내렸습니다.
언제부턴가
산수유 한 그루, 아파트 입구에
홀로 서서
오가는 사람들을 바라봅니다.
당신과 나 사이
이마와 이마 사이
아득한 거리를 하염없이
바람이 불고 있습니다.

봄동가족

매화 꽃잎 살랑살랑
별처럼 무수히 떨어집니다.

따스한 양지언덕 아래
봄동꽃이 피었습니다.

겨우내 목숨줄 붙잡고
아득바득 버티며 살다가

누구도 돌아보지 않는 꽃
한들한들 피어났습니다.

오늘은 먼 들녘 꿈꾸지
않아도 행복합니다.

봄동가족 둥글게 앉아
도란도란 지난 얘기 들려줍니다.
나른한 봄의 오후
매화 꽃잎 하르르 날아옵니다.

누드

나는 피부가 하-얀
백두산 중턱 자작나무가 되고 싶다.
태어난 자에게 주어지는
부끄러움 밀어내고
결연히 몸의 마지막 실오리조차
흘러내리고 싶다.
아득한 꿈결인 양
잃어버린 것들—
음울하고 절망적인 밤을 지켜온
내 아련한 몸을 이제
저 흘러오는 투명 햇살에 쪼이고 싶다.
담담한 표정, 고동치는
심장, 허공 속에 드러난 나의
뿌리여
바람처럼 흔적 없이 움직이는 손, 손,
이 손들을 위하여
누드크로키
순수의 화폭을 위하여

나는 지금 피부가 하-얀 자작나무

온몸의 세포를 깨우고 일어서는

여기, 아침 안개처럼 풀리고 싶다.

나는 탑동의 마네킹

제주시 탑동 바닷가 광장에서
시내 쪽으로 조금 올라오세요.
깨끗한 유리창마다 일렬로 서 있는
마네킹들, 나는 이 거리의 화려함을
지키는 없어서는 안 될 존재입니다.
언제 올지 모르는 당신을 나는
하염없이 기다리고 있습니다.
날씬한 다리와 균형 잡힌 몸매에
딱 어울리는 산뜻한 복장—
언뜻 무심한 듯한 표정들 같지만
가만히 보면 나만의, 아니 우리들만의
설레는 마음과 고동치는 심장을
느낄 수 있을 것입니다.
우리는 이제 모든 것을 내려놓고
떠날 준비가 되었습니다.
차를 몰고 용두암을 지나
카페의 거리에서 차를 마시고,
방파제 너머 환하게 불을 밝히고 있을

오징어잡이 배의 집어등,
그 찬란한 유혹의 밤바다로
끝없이 넘실대는 어둠 속으로
너울너울 들어가고 싶습니다.
물고기처럼 하얀 배를 달빛 속에 내놓고
가뿐하게 흔들어 보고도 싶습니다.
나에게 눈동자를 그려 주세요.

단풍나무

지나간 날들을 떠올리면
얼굴이 왜 이리 달아오르는지.
바람만 살며시 스쳐도
떨리고 붉어지고 하염없이
눈물이 나.

오늘은 몇 송이 첫눈 내리고
바람 불어 가장 추운 날인데
내 삶이 여기저기 휴지처럼
흩날리고 있어.

온 누리가 눈으로 덮이고
내 마음 잠시 가벼워지면
나는 다시 당신이 그리울까.

하얀 겨울 들판에 서서
우리들 봄을 노래할 수 있을까.

오늘 왜 이리 떨리는지 몰라.

내 영혼 서성대는지 몰라.

꽃나무와 새

포로롱
너, 어디에서 날아 왔니.

이제 말해 봐.
어느 별나라에서 날아온 꽃잎이니.

너, 무슨 생각 하고 있니.
지난겨울 눈보라 속에 떨더니
아직도 머나먼 네 고향
떠올리고 있니.

너, 향기에 취해 있구나.
향기에 취하여 먼 거리를 날아왔구나.

네 날개는
그리움
네 눈길 속에는 푸른 하늘이 담겨 있다.
바람에 넘실대는 바다가 들어 있다.

아침 햇살이 퍼지는 숲속,

삐이 삐 노래하는 네 마음이 보인다.

너 꿈꾸고 있구나.

포로롱 포로롱

꽃가루를 뿌리며 그렇게 날아가고 싶구나.

애월바다

애월 밤바다에 앉아 있으면
검은 바위에 앉아 오래오래
파도소리를 들으면
하늘에선 사다리가 내려오네.
낭떠러지 타고 달빛이 내려온다네.
하얗게 들려오는 물결소리랑
넓고 넓은 방이 이루어지지.
깊고 깊은 사랑방 만들어내지.
꿈결 같은 달빛 애무에
사다리 오르고 내리고 하는 사이에
용암바위도 흐물흐물 녹아버리지.
구멍이 숭숭 뚫린 바윗돌 속에서
수백만 년 전 그대로 바람이 불고
그렇게 또 새날이 돌아오고
구름도 뭉게뭉게 피어오르고
숨비나무는 연보랏빛 꽃을 피우지.
꿈틀꿈틀 어쩌지 못해
은빛 물고기들 튀어 오르지.

애월 갯바위에 앉아 있으면

* 애월(涯月) : 제주시의 서부에 있는 읍으로 바닷가를 따라 많은 낭떠러지가 이어져 있어 붙여진 이름임.

뱀사골 밤풍경

그해 깊어가는 가을밤 뱀사골산장, 계속 들어오던 등산객이 좀 뜸해지고 그렇게 칼잠을 자고 있는데, 내 귀에 대고 벗이 속삭인다. "밖에 나가 봐. 밤하늘이 참 굉장해." 세상에 이럴 수가, 절정의 매화 꽃밭이다. 우리들 잠든 새 벌어지는 대장엄의 축제— 별들은 한 잎 한 잎 꽃잎이 되어 부르르 향기를 진동하고 있었다.

몇 년이 지나고도 나는 칼잠을 잔다. 칼잠으로 눈을 감으면 그날 그 밤하늘이 혹 보일 것만 같아서다. 놀란 눈으로 바라보던 그 주렁주렁, 휘황한 주먹별들, 별똥별 죽죽 쏟아져 내리던 그 풍경은 지금도 내 핏줄을 타고 빙빙 돌아다닌다. 세포 하나하나에 뿌리 내린다.

그후 난 매일 아침, 밤새 별꽃이 내린 샘물 한 모금 마시고 재재재재 울려오는 산새소리를 들으며 별들이 머물다 간 지리산 숲속으로 들어간다. 안갯속 저 미궁의 도시 속으로 들어간다. 고요히, 떨며,
기다리고 있는 내 생의 순간들……

출근길 자전거 페달을 힘차게 밟는다.

달래무침

아내가 정읍 북면 집에서 캐와
빨갛게 무쳐낸 달래무침에는
지난겨울 눈 속
뒷마당이 품었을 고요가 스며 있다.
달래의 하얀 실뿌리는 아직 살아 있는
아내의 소녓적 꿈을 떠올리게 한다.
봄을 맞는 것은 언제나
새로 태어나는 일
밤은 깊어가고 나는 식탁에 앉아
히말라야의 그윽한 퉁소소리를 듣는다.
봄 향기가 쓸쓸하다.
지금도 바깥에서는 무수한 별들
떨어지고 있을 테고
어린 쑥도 돋아나고, 꿈을 꾸는 듯
향기는 또 익어가고 있을 것이다.

금오도 바람꽃

사는 게 꼭 섬처럼 쓸쓸할 때면
물결을 몰고 여기 비렁길로 들어오세요.
함구미 지나 미역널방에서 바라보이는
그 깎아지른 비렁바다는
그 옛날 당신이 놓고 떠난 거울입니다.
난간에 서서 아득히 내려다보면
잃어버린 당신 얼굴이 떠오를 것입니다.
당신은 어느새 바람이 되어
하얀 으아리꽃을 만나고
자줏빛 칡꽃 향기에 취하고
비자나무 거목 앞에서 눈을 크게 뜰 것입니다.
신선대에서 지나가는 비 잠시 만나도
그건 고향을 찾아온 축복의 우로雨露
반짝이는 동백숲을 지나고
시누대 긴 터널을 도란도란 지나다 보면
멀리 두포마을이 꿈결처럼 다가올 것입니다.
쌉쓰레한 방풍나물전에
막걸리 한 잔 들고 있으면

당신의 어머니가 금세 떠오를 것입니다.

굴등의 돌담길 흥얼흥얼 직포에 닿으면

바다를 따라 늘어선 수백 년 해송 길,

꿈결 같은 무릉도원을 만날 것입니다.

매봉 너머 학동으로 심포로

금자라 꼬리 장지마을로 다시 걸음 내딛을 때면

당신은 이미 바람꽃으로 변해 있을 것입니다.

얼굴은 노을빛에 함뿍 젖어 있을 것입니다.

* 비렁길 : 여수의 방언으로 '벼랑길'을 뜻함.

제 2 부

개벽의 아침

겨울나무

발밑에 들려오던 물소리도
이제 들려오지 않고
나는 이렇게 얼음 위에
꼿꼿이 서서
당신을 그리워하는가.
내 품고 있는 나이테
어느 구석에
당신은 아직 살아 있는가.
어느 계절
어느 바람
어느 햇살이
희미한 흔적으로 끝끝내 남아
별처럼
지워지지 않는 문신처럼

나는 잠들 수 없는가.
흘러가는 구름을 바라보며
떠올리는 아득한 당신,
오늘 나는
어두워가는 하늘 밑에서
이렇게 버티고 있는가.

손톱을 깎으며

손톱을 깎는다.
발톱을 깎는다.
밖은 벌써 깜깜하고 추운데
문득, 아파트 저 밑 어디선가
고양이들 울음소리가 앙칼지다.
아프리카 초원의 사자들
멀리 알래스카의 북극곰들
그들은 손발톱을 어떻게 관리하는지
궁금해진다.
야생의 그 늠름한 발톱들을
어떻게 두고 그들은
고단한 몸을 눕히고 있을까,
내일을 꿈꾸고 있을까.
다시 손톱을 깎는다.
신문지를 넓게 펴고 날마다
날마다 넘쳐나는 세상이야기를
흘깃흘깃 넘겨다보며 발톱을 깎는다.

이게 내 살아 있다는 표시인가.

내 몸 하나도 버거워하며

지금 무엇을 소망하는가.

깎아도 깎아도 자라나는

깎아도 깎아도 멈출 줄 모르는

쑥처럼 쑥쑥 돋아나는

이 열망들—

홍어꽃

그'썩음'을 생각하다가
한겨울 지나가네.
산수유 벌고
매화꽃도 화르르 피고
개나리, 진달래도 몽실몽실
환호하는 백목련을 보며
흑산도 수십 미터
갯벌바닥에서 너울거리는
홍어- 그 썩을 것들!
어쩌다 그것들은
썩어도 썩지 않고
썩어서 더 향기로운가.
온통 골똘하다가
그래, 잘 죽은 것이
그것도 폭삭 잘 썩은 것이
입안도 얼얼하게 코끝을
찡- 울리지.
온 천지에 꽃이 피고

하늘하늘 봄 향기 날리지.

아리고 시린

겨울밤이 지나서야

지상 최고의 맛!

홍어꽃 세상이 오지.

고도리古都里 입상立像

우리 둘이서 멀리 마주 보고
서 있는 이유를
어렴풋 알 것 같다네.

비가 오거나 땡볕에 서 있거나
귀도 떨어져 없어지고
코도 닳아 흔적만 남고

그래 기적 같은 그때가 오면
내 몸은 점점 푸른 들판이 되고

끝없이 바람 부는 이승에서
당신과 나 사이에는 그렇게
강물이 흘러간다네.

강 언덕엔 하염없이 달맞이꽃 피고지고
달이 뜨지 않아도 달빛은 흘러가고

낮달이 그렇게 사라지는 이유를

알 것 같다네, 알 것 같다네.

* 고도리 입상 : 전북 익산시 금마면 동고도리에 있는 고려시대의 석불 입상. 들녘
에 세워져 있으며, 200m를 사이에 두고 두 입상이 마주 보고 서 있음. 보물 제46호.

드러누운 미륵사탑

E4-상옥받3
E2-기둥2
N3-탑받2
IN2-LEV탑신15
NE6-상귀옥받

그때 그 들판 금마면 기양리 97번지에
나는 조각조각 누워 있습니다.
삼천의 뼛조각들을 바람 속에 풀어놓고
하염없는 세월을 보내고 있습니다.
마디마디 관절이 깨어져도 참는 것은
당신이 올려보던 그 하늘 때문입니다.
치석을 제거하듯 내 몸에 붙어 있는 그
미세한 시멘트몰탈 흔적까지
찌릿찌릿 벗겨내는 순간에도
나는 내 고향 황등의 돌산에서 떨어져
나오던 때를 잊을 수 없습니다.
그래도 이렇게 견디는 것은
수백 수천의 해가 바뀌어도 내 마음에는

당신의 손길이 살아 있기 때문입니다.

미륵 세상을 꿈꾸며 마지막 9층을 올리던

샘물 같은 당신 눈빛을 잊을 수 없습니다.

새벽마다 혼곤히 이슬에 젖어 있으면

붉은 해는 나를 다시 깨어나게 합니다.

여기저기 민들레 꽃씨 흩날리고

따가운 햇살 속에서 쨍쨍 내 몸은 말라갑니다.

조각조각 드러누운 땅, 기양리 97번지에

미륵산 뻐꾸기 소리 들려옵니다.

애기똥풀 같은 것이

아파트 9층 베란다에
세탁기 옆 물 내려가는 피브이시 배수관,
조그만 아주 조그맣고 까-만 틈새에
웬 어린 풀이 하나 자라더니
아마 이파리는 애기똥풀 비슷하고
어찌 보면 돌미나리같이 생긴 것이
살살살 손가락만큼 크더니만
집을 떠나 한동안 못 본 사이에
콩깍지처럼 가느다란 씨앗까지 맺혀 있네.
15층 꼭대기에서부터 꽐꽐꽐
느닷없이 폭포수가 쏟아져 내리고
배수관 한 줄로 엮어진 아파트 식구들의
하루 온종일 땀과 먼지를 탈탈탈
정신없이 짜서 보내고 나면,
어린 풀은
하이타이로 뿌리까지 상쾌해진다.
줄기도 이파리도 아롱거린다.
잠시 한숨 돌려

창으로 들어오는 햇볕 한 줌에 갈증을 풀고
여린 바람에 제법 그네까지 타고 나면
난생 처음,
목숨이 한들한들 한가로워라.

직소폭포

가뭄 끝에 직소폭포에 갔더니
아니! 이럴 수가
항상 그 자리에서 보여주던 폭포에
물 한 방울 떨어지지 않는 겁니다.
백척 낭떠러지에 길고 긴
검은 상처만 남기고
나의 용龍은 사라지고 없었습니다.
당신과 내가 처음 만나 꿈꾸던
사랑의 물기둥 천둥소리는
어디로 갔는가.
평생을 살았어도 이게 바로 처음 본
당신의 참 얼굴인가.
무심코 넘기고 살아온 당신의 아픔인가.
용은 정녕 보이지 않았습니다.
삼백예순날,
당신의 가슴을 할퀴고 있을 깜깜한
절벽을 생각하다가
어느 날 나는 깜짝 놀랐습니다.

당신의 그 뛰던 심장이 슬며시 내게로
건너오고 있었습니다.
당신은 내 가슴속에 들어와 있었습니다.
그날 밤 쿵쿵거리며 당신과 나는
쏟아져 내렸습니다.

피아노

나는 바윗덩어리입니다.
천년만년 어둠 속에 갇혀 아무 일도
할 수 없었습니다. 밤이면
항시 달빛에 아롱아롱 젖어 있더니
어느 날 내 앞에는
민들레 씨알 하나 날아오고
노란 민들레꽃이 피어났습니다.
어둠 속 꿈쩍도 않던 내 마음에
파르르 물결이 일었습니다.
해가 가고 달이 가고
단단하고 깜깜한 바윗덩어리가
부드러워지는 듯하더니
흘러가는 시냇물도 보이고
뭉게뭉게 구름도 흘렀습니다.
아~ 나는 당신을 기다리고 있었습니다
바람보다 가늘고 섬세하게
때로는 온몸으로 쿵쾅쿵쾅 내 영혼을
깨어나게 할 꿈결 같은 당신,

비를 맞으며 기다리고 있습니다.

물소리, 새소리, 천둥소리……

이 눈부신 숲속에

눈과 귀가 점점 열리고

나는 당신의 손길을 꿈꾸고 있습니다.

겨울, 두물머리에서

만남은 우연인가요.

이렇게 만날 줄 꿈에라도 알았을까요.

먼 거리가 품고 있을 말 못할 사연들,

그 달빛 안개 속에서 달래고 달래면서

예까지 왔을 것입니다.

강에서는 항상 갈대가 자라고

세월은 또 그렇게 야위어가고 있습니다.

기억도 가물가물

아득한 곳에서 흘러왔어도

지금 여기에는 이들을 맞아줄 물안개

한 점 피어오르지 않습니다.

그래도 저들에게

꽁꽁 얼어붙은 얼음장 밑에서 무슨 일이

일어나고 있을지 알 것 같습니다.

전날 밤 옥에 갇혔던 춘향이

관아 동헌 뜰에서 서방님 만난 것처럼이나

두물머리 두 가슴

그렇게 꼭 끌어안고 있을 것만 같습니다.

뜨거운 입김 불어내면서

아무 말 필요 없이

두 손을 맞잡고 있을 것 같습니다.

째보선창

긴 가뭄 끝에 추적추적 비가 내리고
째보선창 안내 표지판 밑으로
쫄쫄쫄 흘러내리고 있을 복개천 민물을 떠올리니
우산 속으로 젖어드는 빗방울처럼
정 주사가 일가족 끌고 서천에서 이곳으로
흘러들어오던 탁류 시절,
그 흥성거리던 때가 붙어 나온다.
서해바다와 금강이 만나는 바로 이 지점인데
어찌 그냥 갈 수 있느냐.
쫄복탕과 막걸리 몇 잔에 은근해지니
이곳이 개도 돈을 물고 다니던 곳이여.
작아도 쫄복 독성이 가장 맹독성이여.
서비스로 쫄복튀김을 내놓으며 풀어놓는
주모의 말이 나를 딱 잡아놓는다.
십수 년 쫄복 끓여주고 바깥양반 암도 낫게 했다는
무용담을 들으며
지난 세월 탁류 바다가 다시 보인다.
밀물과 썰물, 강물과 바닷물이 섞어지는 속에서

이 땅 쫄복들의 꿈도 이렇게 버텨지는 것인가.

암환자한테는 쫄복 독성도 약이여.

초록빛으로 촉촉이 젖어 있는 금란도가

바로 눈앞이다.

우산 속으로 와르르 황톳물이 밀려들어온다.

황차 만들기

상처 없이 어찌 향기가 나랴.

색깔도 누르스레 황차인 것은
비비고 문질러진 틈새마다에서
사르르 새벽빛이 흘러나오기 때문입니다.

여린 잎을 말고 또 말다 보면
어찌할 바 모르고 젊은 강물을 건너던
그 뜨거웠던 시절들이 떠오릅니다.

무딘 손으로 그늘 속에 앉아
내가 품을 향기가 어떤 것인지
내가 품고 싶었던 향기가 어떤 것인지

알고 보면 부드러운 상처,
어스름 녘에 넓게 펴서 말리고

지나온 자취를 뭉뚱그려 덥히고 보면

아픔과 아픔이 실핏줄로 이어지고
한 덩어리 열기 속에서 한 꿈이 익어갑니다.

다시 그리운 그대와의 만남,
하냥 그 순간을 잊을 수가 없습니다.

밤사이 홍역을 앓고 나면
우리들 머리 위에는
시나브로 푸른 하늘이 피어날 것입니다.

어성초 밭에서

어성초 밭 일구기 삼년 만에
제주의 용두암 카페거리를 지나
그 검은 바다가 떠올랐네.
검은 바다 위의 휘황한 오징어잡이
배들도 떠올랐네.
스무 평 남짓 비린내가 향기로운 건
넘실거리는 푸른 물결 때문일 거야.
가뭄 끝에 비가 오고
밤비 맞으며 김매는 신명에서일 거야.
빈틈없이 번져 나간 어성초 위에서
나는 밤바다를 저어가는 선장,
섬 아낙네 굴을 캐듯이
풀을 뽑고 캐고 또 뽑고 캐고
비린내는 그렇게 꽃이 되었네.
상처에서 풍겨 나오는 물고기 비린내
밭은 이제 내 삶의 갯벌이 되었네.
썰물과 밀물 사이의 바닷가처럼

비린내는 경계 속에서 풍겨 나오지.

밀물에서 썰물로

썰물에서 밀물로 바뀌는 게 순간이듯이

비린내는 이제 내 마음속 물결이라네.

싱싱한 은갈치를 떠올리게 하고

갈치속젓 그 향기까지 떠오른다네.

오늘 밤 나는 선장이 되었네.

비 내리는 바다, 검푸른 향기에 젖었네.

곰소항에서

곰소는 이름만 떠올려도 정겹네.
흑백사진의 그 시절들이 떠오를 것 같고
그냥 지나치기엔 뭔가 아쉬운 곳이지.
염전을 한 바퀴 휘 둘러보고
나는 일없는 호숫가를 어슬렁거리는
곰 한 마리가 되어 있었네.
소금밭에는 꽁꽁 얼어붙은 하늘이
파랗게 웅크리고 있었네.
소금창고에는 뜨거웠던 지난 계절들이
설산雪山처럼 가득 절벽을 이루고
눈부신 햇살이 휴식을 취하고 있었네.
어리굴, 낙지, 가리비, 꼴뚜기,
오징어, 창란, 명란, 바지락, 청어알,
갈치속, 토하, 멍게, 밴댕이
젓갈백반 앞에서 내 눈은 활짝 떠지네.
바다가 품고 있는 백성들
그들은 모두 죽지 않고 있었네.

썩어도 썩지 않고 썩어서 향기가 나네.
갈치속젓 한 점을 물고 나는
제주도 서귀포 앞 문섬을 떠올리네.
형형색색 산호초도 떠오르고
바다를 가로지르는 그 은빛 몸놀림이
입 속에서 꿈틀 느껴지네.
여기 곰소, 옛 이름 웅연도熊淵島에
갈매기들이 떼를 지어 날고 있네.
칠산 앞바다에 저녁노을이 익어가네.

앨리슨 래퍼Alison Lapper

흘린 눈물만큼 세상은 새롭습니다.

비록 두 팔이 붙어 있지 않아도

'밀로의 비너스'보다 신비한 내 가슴을 보십시오.

당당히 솟은 두 젖꼭지는 신의 선물입니다.

눈을 뜨면 은총은 어디든 널려 있습니다.

창문으로 비쳐오는 햇살,

그 햇살에 반짝이는 가로수 이파리들,

가로수 그늘 아래 오가는 사람들……

밤하늘의 숱한 별들을 바라보고 있으면

두 팔 없이도 세상을 포옹할 수 있습니다.

임신 중 '살리도마이드'를 먹고 40년 전

생후 6주짜리 나를 버린 어머니도,

나를 괴롭힌 그 많은 사람들도 이제

용서할 수 있습니다.

나에게 주어진 '세계여성성취상'보다도

런던의 트라팔가 광장에 세워진

'임신한 앨리슨 래퍼라는 대리석 조각보다도

아장아장 내 품안으로 걸어오는 나의 아들
'패리스'의 미소는 가장 눈부신 기적입니다.
고개를 들어 하늘을 보십시오.
흘린 눈물만큼 세상은 아름답습니다.

개벽의 아침

안나푸르나의 밤이 아니라도
몽골의 드넓은 초원이 아니라도
하룻밤 사이에 얼마나 많은 별이 떨어지는지를
나는 알게 되었지.
별이 떨어진다는 건
어딘가에 별이 피어나고 있다는 것
뱀사골산장에서 쏟아져내리는 별똥별을 만난 이후
난 그 순간을 잊을 수 없고 그래서 걷고 또 걷는 것이지.
내 혈관 속에는 그날 밤의 감동이 흐르고 있지.
비가 오는 밤이거나 눈 내리는 아침이거나
내 머물고 있는 저 텅 빈 하늘의 광장 미리내에서는
매화 향기가 항상 출렁거리고 있지.
난 지금 폭염 속을 걸어가고 있다.
어딘가 다가오는 내 그리움을 위하여 걷는 것이다.
내가 걸으면 당신도 걸어오고
내가 그늘 속에서 쉬고 있으면 당신도 따라서 쉬고
나와 그대는 그렇게 한발씩 가까워지지.

공사 현장에서 만난, 얼굴이 까맣게 그을린 노동자들,

열기 속에 품고 있을 그 가족들이 눈에 보인다.

망치를 든 그 새까만 얼굴에서도

별똥별은 떨어지고 별은 또 피어나고

그리움은 그렇게 고요히 흘러가는 것이지.

눈을 감으면 폭염 속에도 별이 보인다.

매화 향기 물결치며 흘러내린다.

당신이 내 눈앞에 마주하기까지

내가 당신의 맑은 눈을 들여다 볼 때까지

난 천년을, 아니 만년이라도 기다릴 것이다.

우리가 모두 한 송이 꽃이고

만나기 전에 이미 만나 있음을 알 때까지

난 걷고 걸을 것이다.

내 개벽의 아침을 위하여 오늘도 태양 속으로 들어간다.

뱀사골 그 감동의 밤을 떠올리며

쏟아지는 햇살 속으로 들어가는 것이다.

공사판에서

한여름 땡볕에 선크림을 바르고
햇빛 차단 복면을 쓰고
환한 세상 전체가 사우나 찜통이다.
아마 내 젊어서 다녀온
논산의 연무대훈련소 때만큼이나
진한 목마름의 연속이다.
솟아나는 땀으로 온통 젖어서
얼음 물통 하나 들이키며
뜨거운 태양과 마주한다.
점심시간,
골판지 하나 주워 와 그늘에 누우면
바람 한 점 불지 않아도
여기가 바로 극락이지.
내 삶의 기적은 산 너머 말고
내 발밑에 마냥 있었던 게지.
몸으로 부딪치며 바라보는 세상이
내 잃어버린 삶의 감각을 일깨운다.
철골 사이로 보이는 푸른 하늘에

흰 구름 고요히 흘러간다.

여리게 바람 한 줄기 불어온다.

씨앗

나는 지금 바위 속에 갇혀 있어.
수백 년 깜깜히 갇혀 있어.
때로 아득히 가슴속인가 실핏줄엔가
희미하게 다가오는 게 있어.
바늘구멍 틈으로 바람 한 줄기
새어 들어오고
달빛도 한 줌 멍울멍울 비쳐오고
그럴 때마다 나는 어떻게 해야 할지
안절부절못하게 되지.
멀리 빗소리, 물소리 들려오고
내 몸 딱딱하고 어두운 어느 틈새
그 숨어 있던 기억이
시냇물처럼 소살소살 흐르기 시작하면
난 아예 정신을 잃어버리지.
푸른 하늘이 계속 쏟아져 내려오고
그렇게 시간 속에 갇혀버리지.
어떻게 하지?
난 그리움 속에 갇혀버렸어.

■■■■ 제 3 부

파도타기

숯가마 속에서

사방이 깜깜하다.
나갈 문도 없다.
벽을 향하여 자리를 잡으니
오욕칠정의 덩어리들
불이 붙기 직전이다.
지금이라도 난
내 나이테의 어딘가 끼어 있을
별과 바람
새들의 울음소리를 떠올려야 해.
먼 데서 새들이 내려오면
손을 흔들어 환호하고
새들이 날아간 뒤에도 내 맘은
하루 종일 설레곤 했지.
나 오늘 활활활 오체를 태우고
심장 하나만 남기고 싶어.
눈이 소복이 쌓인 어두운 밤에
빨갛게 타오르고 싶어.
하얀 재 눈꽃이 되어

허공 속을 흩날리고 싶어.

선운사 꽃무릇

잎 따로 꽃 따로
다들 우리를 상사화라 부르지만
사실은 그게 아니지요.
꽃은 잎이 그리워 피어났으니
꽃은 잎이요,
잎은 꽃만 생각다 솟아났으니
잎은 꽃 아닌가요.
꽃은 잎이요……
잎은 꽃이요……
도솔천 목어소리를 따라
부처님 말씀 흘러갑니다.
꽃 속에 잎이요……
잎 속에 꽃이요……
냇물 속
붉은 마음
아스라이 반짝입니다.
아무리 억 광년 흘러 흘러도
우리는 한 뿌리 아닌가요.

소똥구리

당신이 풀밭에서
한가롭게 쏟아놓은 똥이
나에게는 기적입니다.
목숨 줄입니다.
바다처럼 넓고 깊게 펼쳐진
당신의 흔적 앞에서
나는 감격합니다.
잠시 흥분을 가라앉히고
날개도 고이 접어 넣고
온몸을 노랗게 물들이며
딱 내가 굴릴 수 있는 만큼
당신의 무심을 떼어냅니다.
당신의 기적을 매만집니다.
하루 종일 물구나무 서서
내 꿈을 밀어냅니다.
감격의 눈물을 흘리며
옥구슬 힘차게 굴리고 갑니다.

눈부처

내 눈을 바라보아요.

나를 바라보는 당신의

모습을 바라보아요.

나도 당신을 바라봅니다.

당신의 슬픈 눈동자 속으로

나는 들어갑니다.

얼굴을 돌리지 말아요.

눈을 감지 말아요.

당신을 기다리는 내 마음을 보아주어요.

당신 없이 나는 나를 볼 수 없습니다.

당신은 나의 거울입니다.

당신 속에서 나는

눈 내리는 아침처럼 다시 태어납니다.

전생의 먼 기억이 되살아나는 듯

나는 그렇게 꽃이 됩니다.

당신은 내 속에서 꽃이 됩니다.

나를 보아요.

고개 들어 그리운 눈을 바라보아요.

당신은 나의 꽃

나는 당신의 꽃

법주사 쌍사자석등

저 엉덩이, 저 장단지 근육 좀 보아.

초원을 포효하던 사자 한 쌍
가슴을 맞대고 한몸이 되어
두 눈 부릅뜨고 앙~ 버티고 있어.
머리끝에서 발끝까지 탱글탱글
세포 하나하나 꿈틀꿈틀 살아 있어.

이토록 떠받치고 있는 게 대체 뭐지.
꼬리가 잘려나갈 때까지
물러서지도 않고 요령도 없이
하늘처럼 떠받들고 있는 게 뭐지.

대웅전 길 밝혀주는 등불?
바로 옆 팔상전에 계신 팔상도 부처님?

눈부신 두 팔 두 다리 앞에서
나 오늘 꼼짝할 수가 없어.

가슴속, 낮달처럼 희미하게
다가오는 게 대체 뭐지?

작설 雀舌

그대를 품고 있으면
염화미소가 다가오네.
우주의 첫날처럼 번지는 아침 햇살,
나는 오늘 그대의
일지춘심一枝春心을 상상해 보네.
모든 길이 끊어진 벌판,
하얗게 덮이는 눈발을 보며
그대는 쓸쓸히 외로운 섬이 되어갔지.
소설, 대설, 소한, 대한
눈발은 이제 발목을 넘고
무릎도 넘고
그 아리아리한 혹한 속에서 남은 건
이제 황홀한 망각,
정점에서 뛰어내리는
백척간두 진일보
죽었던 가지에 어리는 연둣빛이여

사르르 민들레 홀씨처럼

퍼지는 작설들이여

나는 오늘 하늘이 보이네.
청보리밭도 보이고
노고지리 소리도 들리고
이심전심 그대 향기를 느끼며
허허벌판을 보고 있다네.

우주정거장에서

여기는 원심력과 구심력이 같아.
모자라지도 넘치지도 않고
갇혀 있어도 갇힌 것 같질 않아.
서 있는 것이 누워 있는 것이고
누워 있는지 엎어져 있는지
그런 건 따로 구별할 일이 없어.
마음먹은 대로 움직일 수 있는
맑은 영혼들, 진공眞空의 세계
지구에 내리기 전 잠시 머무는
우리들 모두의 참 고향이지.
그래서 물고기처럼 새들처럼
부드럽게 흘러 다니지.
그 어느 맑은 날 밤 꿈속에서처럼
스르르 사르르 날아다니지.
창가에 앉아 까마득하게 펼쳐진
천지창조의 아침을 심호흡하고는
한순간 정신을 잃어버렸지.
아, 내 진정 우주인이었구나.

내 몸 스스로 눈치를 채버렸지.
광대무량한 은하수의 한가운데
그대와 마주하고 있음을 알아버렸지.
그래, 때가 되면 유성처럼 활활
타오르며 좀더 당신 곁에 가고 싶어.
몸살을 앓고 있는 당신 곁으로

넝쿨장미

강물이 아름다운 건
아래로 아래로
제 길 찾아 흐르기 때문이지.

우뚝 서 있는 저 느티나무 좀 보아.
쓸쓸히 혼자 서 있는 듯해도
그는 온몸으로 서 있지.

저 달 좀 보아.
억겁을 마냥 그대로 흐르는 것은
군더더기 없이
온통 버렸기 때문이야.

여기는 또 누구 집이지?
울타리 꼭대기에 붉은 넝쿨장미

아중 호수에서

반짝이는 아침 물결을 바라보고 있으면
나는 고요히 배를 저어가는 사람이 된다.

바람을 얼굴로 맞으면 배는 앞으로 나아가고
바람을 등으로 맞으면 은빛 물결에서 멀어져 가고

미리내 한 모퉁이,
내 사는 곳이 저 어디쯤일까.

멀리서 바라보면 저렇게 아름답구나.
구차한 내 삶도 저 은빛 한 점이 될 수 있을까.

눈앞에는 마름 몇 잎이 떠 있고
물고기들이 무리 지어 한가롭게 돌아다닌다.
고개 들어 멀리 산도 보고 하늘을 보니

방금 타던 배는 흔적도 없고 그냥 그 자리다.

소신공양燒身供養

내장사 대웅전 주변이
단풍으로 온통 붉어
바라보는 내 얼굴도 달아오르더니
인산인해 몰려들어 타는 가슴들
모두 사라진 새벽,
거룩한 자시子時에 부처님!
대웅전 속에 그대로 앉아
한 몸 태우시네.
어떻게 손쓸 사이도 없이
아득히 무너져 내리시네.
붉어지면 떨어지고
생긴 것은 없어지고
눈부시게 피어나던 구절초도
때가 되면 흰눈으로 이불을 덮고
그래, 그렇듯이
까맣게 타들어간 민초들 가슴에
연둣빛 새순은 피어나련가.
강이 호수로 변하고

수천의 물고기들이 썩어
떠오르는 호수, 호수들
이제 다시 강으로 돌아가려나.
내장산이 타오르네.
부처님이 타오르네.
한 송이 붉은 꽃이 되어
활활활 말없이 떠나시고 있네.

굴렁쇠

세상에 움직이고 싶은 것은
모두 굴렁쇠가 되어야 해.

어린 시절 우리는 서로 굴렁쇠가 되어
이 골목 저 골목 뛰어다녔지.
막대 하나에 적당한 기울기를 주고
움직임에 맞게 힘을 주고 밀어내면서
소리치고 달리며 마냥 좋았지.

저 텅 빈 자리에 바람이 솟구치는 걸 보아.
하늘과 땅과 해와 달 그리고 별
바람은 그렇게 불지.

굴렁쇠가 되어 일어서려면
내 마음속에도 해도 달도 별도 들어와야지.

나 어릴 적 아침 해와 함께 일어나면
거칠 것 없이 뛰어다녔지.

그렇게 다시 굴렁쇠를 굴리고 싶어.

나 굴렁쇠가 되어 그대 곁을 달리고 싶어.

대장도 폐가

대장도 할망바위가 내려다보는 숲자리에
나무집 하나 허물어지고 있네.
주변은 이미 풀들로 가득 채워지고
썩어가는 기둥들 사이로 밝은 햇살이 비치네.
저 아래 바다가 일렁이고 파도 밀려오면
수백 수천의 바람, 히말라얀 그리폰독수리들
은빛 파도 꼭대기에 앉아 방향을 잡는다네.
기왓장이 삐져나와 떨어지고
서 있던 흙들이 뿌리 곁으로 눕고
지붕 위에선 망초꽃 피고지고
매일 저녁, 배고픈 독수리 떼들
떨어져나간 판자들 그 틈새마다
기둥과 기둥 사이마다 바람을 풀어놓으며
큰 날개를 펴고 까맣게 몰려오겠지.
팔다리, 몸통 차례차례 떨어져나가고
그때쯤 서까래 구멍 사이로 하늘도 비치고
별들도 숭숭 내려오겠지.
선반 위에는 빈 소주병들이 몇 서 있네.

저 소주병 쓰러지고 나면 아직 이곳을 맴도는

그때 집주인의 꿈도 잊혀지려나.

집 둘레는 지금 온통 푸르고,

노란 마타리꽃, 보랏빛 모싯대꽃

뚝갈꽃이랑 며느리밥풀꽃이랑 모두 한창이네.

* 대장도 : 고군산열도의 작은 섬

* 히말라얀 그리폰독수리 : 티베트 천장(天葬) 의식 때 시신을 독수리가 먹기 좋
게 한 후에 그 시신을 독수리에게 제공하는데, 이때의 그 독수리를 말함.

파도타기

줄지어 파동치며 엎어지는 너울

간발의 사이를 두고 사르르

독수리처럼 빠져나가는 그 절묘함은

출렁거리는 이치를 알고 있기 때문이지.

절벽을 타고 오르락내리락

물결을 희롱하며 파도보다 빠르게

춤을 추며 달려 나가는 물새

머리부터 발끝까지 물이 되었네.

바다가 되었네.

물결이 높아질수록 신명이 난다네.

파도와 싸우지 않고 파도를 즐긴다네.

무너지고 일어선다는 게

모두 거품이라는 걸 알고 나면

삶은 순간순간 오묘해지지.

깨어 있다는 건 바람을 타는 일,

호흡과 호흡 사이를 바람처럼 지나가는 일

푸른 불덩이가 다시 밀려오네.

절정이 고랑이 되고 고랑이 절정이 되네.

꿈꾸던 이어도가 발밑에 놓여 있네.
잘 사는 일은 잘 무너지는 일,
만남보다 이별이 떨리듯이
파도보다 먼저 무너져 있어야 해.
무량수 은하의 별들을 바라보았고
끝없이 넘실거리는 물결을 타고 있는데
더 이상 갈 곳이 어디 있는가.
절정이 고랑이고 고랑이 절정이네.

천장사 * 앞에서

이 육신 돌고 돌아 여기까지 왔습니다.

평생 꿈꾸어온 만다라탑도 돌았습니다.
드디어 하늘사원의 라마승 당신 앞에 온 것입니다.
내 몸은 잠시 후 당신의 칼과 망치와 갈고리 등으로
갈기갈기 빗살무늬의 성찬을 이룰 것입니다.
내 몸뚱이의 마지막 순간을 그대 앞에서 바라봅니다.
오늘 이른 새벽 금강경을 암송하던
당신의 모습이 떠오릅니다.
얼음이 물이 되고, 물은 구름이 되고, 그 구름은
또 비가 되고 얼음이 되고……
나는 눈물을 흘리며 물 흐르듯이 움직이고 있는
당신의 손을 바라봅니다.
걸림 없는 당신의 마음을 읽고 나는 비로소
바람이 되고 하늘을 날 수 있을 듯합니다.
천장사여, 당신은 햇볕이 내리는 언덕에 앉아
하루 종일 명상만 하는 라마승이 아닙니다.
당신에게 삶은 죽음이요, 죽음은 삶이 됩니다.

인도 마하싯다들이 해골 그릇에 밥 먹고
대퇴골로 피리를 불던 이유도 알게 되었습니다.
여기 하늘사원에 와서야 내 마음 편해졌습니다.
이제 떠날 시간이 되었습니다.
수백 마리 독수리 떼가 밀려들고 있습니다.
바람을 불러 길을 열어주는 당신의 붉은 손을 떠나
저 텅 빈 세계로 날아갈 수 있을 듯합니다.
당신의 손길 속에서 구름 한 점 피어납니다.

* 천장사(天葬師) : 티베트의 장례의식인 천장을 진행하는 사람으로 대체로 라마
승들이 이 일을 함. '천장'은 시신을 독수리가 먹기 좋도록 한 뒤 독수리의 먹이
로 제공하는 장례의식임.
* 마하싯다 : 특별한 재능이나 위력을 지닌 위대한 종교적 스승.

흑백알락나비의 죽음

강아지 코코와 함께 뒷산에 오르다가
박제처럼 떨구어져 있는 나비 한 마리를 만났다.
깨알보다 작은 두 눈은 붉고
몸매는 가늘고 연약하기도 하지.
너는 어떤 꽃밭 속을 돌다가 쓰러진 것이냐.
네가 바라던 꽃밭을 만나기라도 한 것이냐.
제법 눈치가 익어진 코코는 이제
내가 스마트폰을 만지고 있으면
가슴줄 끌어당기지 않고 조용히 기다려 준다.
나는 나비의 사체를 향해 사진을 찍는다.
산 자와 죽은 자가 만난 것이다.
나비는 날개가 커서 자유롭지 못하다.
바람이 살짝만 불어도 몸 하나 가누지 못한다.
허나 날개가 커진 건 까닭이 있을 것이다.
북극제비갈매기처럼 씽씽 날지는 못해도
날개가 너무 커서 나는 게 비틀비틀 어눌하여도
날개는 그냥 얻어지는 게 아니지.

나비가 나풀나풀 날아가는 품은 마치

얼씨구절씨구— 품바타령을 풀어내는 것 같다.

애간장 녹아나는 한밤을 보낸 뒤에

다 내려놓고 일어서는 신새벽의 춤,

알락알락 산도 강도 건너온 나비의 꿈,

나와 코코와 흑백알락나비와…… 바람을 타고 있네.

향일암 向日庵

금오산 금거북이
멀리 바다를 바라보네.
원효대사는 출타 중,
앉아 계시던 바위 옆 관음전에
동백꽃 한 송이
시나브로 붉어지고
석등에 불이 켜지는 오후
금거북이 꿈벅꿈벅
내려오고 있네.

월식

억겁의 세월이 흘러도
당신은 그대로 당신일 뿐

초승에서 보름으로
보름에서 그믐으로
당신 얼굴이 쉼 없이 바뀌는 것도
당신을 향한
내 끝없는 변덕입니다.

해일이 밀려와
마을을 통째로 쓸어가고
당신이 내 곁에서 아득히 사라진다 해도
그건 내 눈의 착각일 뿐

내 무명無明의 손 그림자가
당신의 얼굴을 할퀴고 지나갑니다.

제 4 부

변산바람꽃

강마을에 사는 것들

전주천에 잉어가 돌아왔다네.
덕진보를 헐어내고 3년 만에 잉어 수백 마리가
알을 낳으러 온 것이라네.
전주천에는 갈대랑 달뿌리풀만 사는 게 아니라
붕어, 버들치, 쉬리, 메기, 꺽지만 사는 게 아니라
왜가리, 백로, 수달, 넓적부리, 고방오리만 사는 게 아니라
고덕산, 승암산 자락 그 숲속 향기도 흐르고
밤새 별들의 아득한 이야기도 모이고 모여
그렇게 만경강으로 흘러가지.
그렇게 신시도, 무녀도, 선유도 곁으로 설레며 가지.
한강, 금강, 낙동강, 영산강 말고도 여기
이 땅의 강들에는 백성의 마음이 녹아 있지.
고려의 얼굴, 조선의 향기를 품고 있지.
아직 이루지 못한 민주주의 꿈이 흐르고 있지.
강의 추억은 우리들 어머니를 떠올리는 일,
한때 방황하다가도 잉어처럼 다시 돌아오게 하는
가없는 어머니 품이거늘

오늘 4대강이 하염없이 울고 있네.

달빛 속에 머리를 풀고 붉은 피를 토하네.

강에는 갈대도, 버들치도, 넓적부리도 살고

신새벽을 안고 흘러가는 우리들 꿈도 살고 있지.

광우병

소가 소를 먹고
그 소를 돼지가 먹고
그 돼지를 또 소가 먹고
빙빙 돌아 사람도 먹고
소도 먹고
돼지도 먹고
그렇게 산수유꽃
피었다 지네.
소도 먹고
돼지도 먹고
사람도 먹고
그렇게 찔레꽃 오월이 오네.
히죽히죽 웃으며 오월이 가네.

개, 사진 5장
- 한겨레신문에서

차들이 달리는 길을
두 마리 개가 어슬렁 건너고 있다.

쓰러진 친구의 등짝을 물고 일으켜 보나
쓰러진 개는 도무지 반응이 없다.

화가 치민 개는
지나가는 차량을 향해 뛰어들고
물어뜯으려 한다.

친구는 노랑 중앙선에 누워 있고
원망스런 눈으로 허공을 응시하는데
무슨 일이야 하면서 새로운 개 등장한다.

사고 차량 비슷한 화물차가 지나가면
왕왕왕, 두 마리 개 거칠게 달려든다.

2011 꽃소식

가도 가도 별밭이다.
이 골짜기 저 골짜기 온통 하얗다.
여기, 광양 매화마을 우주의 봄!
향기가 몰려다니고 파―파―팟
축포가 쏟아지고
황홀한 비단길 옆 미리내
한 모퉁이를 섬진강이 흐른다.
스리마일 체르노빌 후쿠시마
후쿠시마후쿠시마후쿠시마
매화 날리는 하얀 백사장 위에서
일본이 흔들린다, 지진으로
해일로 불에 타고 물에 잠기고
원자로 증기도 피어오른다.
달려가도 끝이 없는 꽃바다에서
세계는 천년만년을 담보로
원자력 도박을 한다.
저무는 섬진강 은하수 길에
배고픈 대동강도 하얗게

하얗게 깃발을 흔들고 있다.
수백만 명 굶어 죽은 게 얼마 전인데
강 건너 불구경, 강 건너 꽃구경
썩어나도 줄 수 없다는 남한의 쌀밥,
오기의 꽃이파리 날리고 있다.

황제펭귄

겨울이 점점 다가오면
킹펭귄, 아델리펭귄 모두 사라지고
알바트로스도 가뭇없이 날아가고
적도 쪽으로 혹등고래마저 먼 길 떠나고
황제는 뒤뚱뒤뚱 열을 지어
남극, 그 혹한의 중심 속으로 걸어간다.
일백여 킬로미터 그 희고 흰 풍경 속을
일주일 내내 걷는 이유는
그곳에 가면 기다림이 있기 때문이다.
끝없이 펼쳐진 순수의 공간 속에서
구애의 노래를 부르고
짝과 함께 발맞추는 기쁨 얼마나 큰가.
알 하나 낳고 암컷은 먹을 것 구하러 가고
눈폭풍 속, 몸을 꼭 붙이고 체온을 함께 나눌
수많은 벗들이 있기 때문이지.
두 발등 위에 육십 일 동안 올려놓고 품는
간절한 봄의 씨알이 있기 때문이지.
영하 육십 도라니……

새끼를 연둣빛 펭귄밀크로 키우는 동안
먹이를 품고 올 짝을 믿기 때문이지.
그렇게 또 자식 털갈이까지 끝내고 나면
부부는 황제답게 자식을 잊어버린다.
자식을 설원 한복판에 맡겨 버리고
뒤뚱뒤뚱 지친 몸을 끌고 바다로 간다.
남극의 주인은 당당하게 봄의 바다로
아니, 여름바다로 풍덩 뛰어들지.

* 펭귄밀크 : 위벽에 저장되어 있던 것을 토하여 새끼에게 주는 먹이

북극곰이 풀을 뜯는다

견훤궁터와 남고산성 사이
한가로이 전주천 흐르고
물길 따라 억새밭 위로 바람이 분다.
억새가 흔들리고 티브이 속 그
북극곰이 어른거린다.
바다는 넘실넘실 얼음을 핥고
봄이 와도 바다표범을 만날 수 없는
곰가족은 항상 배가 고프다.
섭씨 22도의 북극에서
곰들이 염소처럼 풀을 뜯는다.
전주천변 위로 차들이 씽씽 달린다.
세느강, 템즈강, 미시시피강,
황하, 나일강, 갠지스강, 한강
강강강, 강들은 도시를 안고 흘러간다.
끓어오르는 불야성不夜城의 탐욕
아마존 여기저기 불길이 솟고
방목장 소떼들은 몰려다닌다.
여기 전주천 억새들

116

머리를 풀고 나부낀다. 어른어른
백곰 몇 마리 또 어슬렁거린다.
오늘은 어디 가서 하루해를 보낼까
빙벽에 올라 눈을 감아도
쓸쓸한 뱃속은 잠도 오지 않는다.
우르르 빙벽 무너지는 소리—
맥없이 흘러가는 백야白夜의 24시

바다표범

캐나다 뉴펀들랜드
빙하의 천국에서
아가야, 너는
생후 14일 털갈이 전에
네 하얀 털가죽 때문에
머리통이 부서진다.
총알 자욱으로 가죽에
구멍을 남겨서도 안 되고
머리통만 맞는구나.
해마다 봄이 되면
목숨이 끊어지기 전에
가죽은 벗겨지고
살덩이는 수만 년 빙설을
붉게 적시며 여기저기
버려지는 거야.
킬링필드가 되는 거야.
아가야, 내 머리통에도 마침내
몽둥이가 내려온다.

미모의 여인을 위하여 네
하얀 털가죽은 참 부드럽지.
생후 14일 잘 가거라.
바닷속을 모르는 너는
저 눈부신 바다를
잠시 떠돌다 가거라.

잃어버린 하늘
− 발산리 유적

군산시 개정면 발산리 들판에는
가슴이 먹먹해지는 안개가 늘 자욱하다.
발산초등학교 뒤뜰, 옛 시마타니농장 정원
서른한 개의 석물들은 부초처럼 쓸쓸하다.
시마타니가 돌아간 지 70년이 되어도
전쟁 포로처럼 갇혀 있는 곳
부도탑과 망주석, 맷돌이 섞여 있고
여러 석인石人들이 나란히 서 있어도
어디로 마음 둘 곳 없어 더욱 우울한 곳
차라리 한겨울 온통 눈이라도 덮이면
조여드는 가슴 잠시라도 풀리려나.
그래도 둥근 기둥에 아직도 꿈틀꿈틀
용이 여의주를 물고 있는 석등은 여기 빛이다.
봉림사지 오층석탑은 후백제 그 하늘을
희미하게 떠올린다.
완주군 고산면 삼기리 봉림사 터
갈 곳이 정해진 것만도 참 행운이지.
지금도 휴전선이 그어진 나라, 하늘을 잃고

어디 돌아갈 수 없는 이산離散의 마을
줄지어 서 있는 여기 석등은 언제
우울이 끝나고 불을 밝히련가.
아예 고향을 몰라 석인들은 죄인처럼
나란히 고개 숙이고 서 있는가.
발산리에서는 안개가 샘물처럼 솟아오른다.
함박눈 쏟아지는 들녘이 보고 싶다.

자갈치시장 꼼장어집

자갈밭 터에서 수많은 세월 문드러지며
피란 시절 이 바닥 꿈틀거리며
바깥세상은 꿈도 못 꾸고 살아왔지.
눈 없는 꼼장어처럼 아무것 볼 수도 없고
뻘 속에 살아 오로지 빨판 하나 내밀고
겨우 이 바닷가에 붙어살아도
사실 누구도 몰래 품어 온 내 이어도를
바람처럼 떠나간 당신 말고 누가 알겠나.
짠바람 등지고 좌판을 깔던 게
고향마당 떠올릴 새도 없이
맨살 모지락스레 뒤틀리고 꼼지락대던 게
그때는 너나없이 버티던 살풍경이었지.
오늘처럼 눈발이라도 한두 점 내리고
이 자갈치 할매의 여직 붉은 맘
매콤하게 타는 내음으로 사방 흩어지면
가슴속 울컥거리던 것들 마냥 풀리곤 했지.
비린내 속에서 비린내 잊어버리지.
잘 익은 고추장 한번 확 풀어버리면

어디 이어도가 따로 있을까.
물 들어오고 나가고 하는 사이에
좌판 놓고 포장마차 굴리고 그런 틈 속에
떠나간 당신이 사르르 내 품에 돌아온 거지.
어둠 속 눈이 멀고 세상물정 몰라도
이렇게 민초들 흥성거리는 소리 들려오면
내 이제 하늘같은 당신 품은 것이지.

반구대 암각화가의 독백

얼마나 많은 목숨을 잃었던가.

허나 바다를 바라보면

힘차게 물을 뿜어대는 고래가 어른거린다.

밤하늘 그 무량한 별꽃만큼이나

우리들 핏속에는 설렘이 가득하지.

내 돌을 깨고 암벽에 고래를 새기는 건

우리들 삶이 참 벅차기 때문이야.

이 끓어넘치는 소식들을 자식들에게

먼 자식들에게까지 알리고 싶은 거지.

활짝 뻗은 제사장의 손과 발이 엄청 큰 것은

하늘을 향한 그 순수 열망을 보인 것이지.

수많은 날들 그물을 뜨고

부구浮具를 만들고

사슴뼈를 갈고 갈아 작살을 만드는 건

넘실거리는 바다에 몸을 날리기 위해서지.

다섯 명 또는 스무 명씩

배를 타고 먼 바다에 나가도

범고래, 혹등고래, 긴수염고래를 만나도

귀신고래까지도 두렵지 않아.

붉게 물들어가는 저녁바다 풍경 속에

고래를 끌고 노를 젓는 모습 떠올려봐.

기나긴 강줄기에 부족민들 모두 나와

환호하는 모습을 잊을 수 있겠는가.

오늘도 여기 휘어도는 물가를 거닐며

나에게 고래를 일러준 할아버지를 떠올리네.

애정은 세월을 뛰어넘지.

* 반구대(盤龜臺) : 울산광역시 울주군 언양읍 대곡리의 경승지. 이곳 계곡의 암벽에는 고고학적 가치가 높은 고래, 사슴, 배 등 신석기, 청동기 시대의 생활상을 담은 수많은 암각화가 새겨져 있으며, 국보 제285호로 지정되어 있음.

등대의 손

나무가 땅에 뿌리를 내리듯이
등대는 제 마음의 뿌리를 허공에 뻗어놓고
하루 종일 명상을 한다.

나무가 끝없이 하늘로 오를 때
등대는 제 가진 것 다 몰아내고 허깨비가 된다.
휘휘 떠나가는 바람이었다가
갈매기의 날개였다가
그렇게 바다의 풍경이 된다.

저물녘 물결을 바라보며 설레기 시작하다가
하늘이랑 바다랑 온통 붉어 함께 달아오르다가
등대는 어둠을 향하여 손을 내민다.

이 세상 혼자서 살아가는 게 있을까.
손을 내미는 순간 등대는 밤의 영혼이 된다.

지상의 가장 낮은 곳, 난민의 바다

바다에 살면서 바다를 잃어버린 곳

미리내 한 모퉁이에서 나는 작은 불꽃을 만났네.

황량한 겨울 숲에서 복수초를 만났네.

눈 속에 노랑노랑 무더기로 피어나고 있었어.

그날 밤 내 마음에는 바다가 밀려왔지.

문득, 남극으로 날아가는 북극제비갈매기도 떠올랐지.

어둠이 밀려오는 때 당신의 손이 찾아왔네.

달맞이꽃 · 2

멀리서 들어보면
달리는 바퀴 소리도 바람 소리로 들리지.
지나가는 사람도 하나 없는데
깊게 패인 탱크 자욱이 떠오르고
노란 꽃이 마악 피어나고 있었어.
그런 자리에는 수없는 풀들이 함께 있고
흘러가는 물이 꼭 있게 마련이지.
아무리 돌고 돌아도
물이 흐르는 길은 정해져 있어.
등을 돌리고 가든
어떤 길로 가든 우린 그곳에서 만나야 돼.
바다에선 끝없이 바람이 불고
뭉게뭉게 흰 구름이 피어오르고
텅 빈 하늘은 우리 영혼을 늘 새롭게 하지.
가슴속에 향기를 새롭게 채워주지.
그렇게 또 비가 내리고 나면
아무리 깊은 자욱도 경계가 흐려지지.
바람 한 점 없는 고요한 밤

노란 향기 속에서 얼굴이 떠올라.

아직 남은 흔적 속에서 꽃이 피고 있었어.

혹등고래의 노래

2015년 9월 터키 보드룸 해안가
모래밭에 얼굴을 파묻고 엎어져 있는
시리아 세 살 아이 알란 쿠르디 사진을 보며
나는 왜 혹등고래가 떠올랐을까.
그렇지.
엄마의 품에서 젖을 먹으며 놀던
그 혹등고래 새끼가 생각난 거겠지.
남극바다에서 크릴새우를 먹고
남태평양 따뜻한 물속에서 새끼를 키우는
그 아홉 달 동안
혹등고래 어미는 육지에서 바다로 내려온
칠천만 년의 먼 전설을 이어간 거야.
남빙양을 떠나 아무것 먹지 않아도
새끼는 오로지 삶의 이유가 되는 거지.
그때 끝없이 들려오는 수컷의 노래는
왜 바닷속에 들어와 사는지를 알게 하지.
그런 혹등고래가 남극바다의 입구
사우스조지아 섬에서 좌초한 건 왜지?

수없는 고래들이 죽어가더니

대체 어떤 내상內傷을 입은 거지?

물속 그 꿈결 같던 노래가 이제 절규로 들려.

"시리아 인들에게 문을 열어 주세요."

아내와 아이 둘을 잃은 압둘라 쿠르디

성탄 메시지로 호소하네.

"아주 조금의 동정심을 가져 주세요."

변산바람꽃

변산은 변산이 아닙니다.
저 황토의 바다를 차마 잊지 못하는
꿈결 같은 그리움입니다.
산 자는 죽은 자를 떠올리고
죽은 자는 산 자의 가슴속에서
바람으로 다시 태어납니다.
산 자와 죽은 자의 저녁바다에서는
매일 기적이 일어납니다.
황홀하게 피어나는 붉은 노을 속에서
하늘과 바다는 경계가 없습니다.
어둠이 깊어질수록
별꽃은 새로이 뿌리를 내립니다.
웅크린 가슴속에 몰래몰래 스며드는
새 아침의 빛
여기가 바로 그토록 그리던
어머니와 나의 먼 나라입니다.
수천수만의 나비 떼들이 날고 있는
아직 겨울바다입니다.

꽃망울 밀어올리는 오늘
어머니, 나는 이미 울지 않아요.
변산은 변산이 아닙니다.
온누리에 눈발이 흩날리는 지금은
내가 눈을 뜨는 시간입니다.
다시 바람이 불고 있습니다.

새벽시장

풍남문 밖 새벽시장이
내 마음에 더욱 다가오는 이유는
여기엔 전주천이 흐르기 때문이지.
공초 오상순 시인이 읊은
"오 – 흐름 위에 보금자리 친 나의 혼"
이 말씀이 그대로 살아나는 곳이기 때문이지.
흐름 없이 살아가는 삶이 어디 있으랴.
"전저재 녀러신고요."
어느 백제 여인이 달밤에 떠올린 '전저재'가
바로 이곳 아니던가.
나는 그렇게 새벽풍경 속에 서 있습니다.
전주천 흐름 속에는 왜가리며 오리며
이런 귀한 식구들도 눈에 띕니다.
이들이 이렇게 일찍 나오기까지는
밤새 풀숲 어디에선가 오밀조밀 붙어 있었겠지.
점점 밝아지며
부지런한 발길들이 물을 건너고
오가는 사람들 눈이 빛나기 시작합니다.

별별 먹거리가 철 따라 끊임없이 흘러나오고
내 처음 커다란 죽순을 한 무더기 들고 온 곳
도토리묵을 사니 순두부를 덤으로 주던 곳
한겨울 추위에도 열리고
춘하추동 흐름이 잘 보이는 시장
보금자리를 꿈꾸는 전주천의 새벽.

돌나물물김치

"내가 태어나지 않았다면 아빠와 엄마는 지금도 참 행복하게 살아 계셨을 텐데." 슬픈 생일……, 국립518묘지에서 아버지에게 드리는 편지를 읽고 돌아서는 서른일곱 살 김소형 씨를 문재인 대통령이 아버지 품으로 안아준 날, 하루 종일 먹먹했던 나는 오후 늦게서야 며칠 전 정읍 북면에서 따온 돌나물이 떠올랐습니다.

그렇지, 하며 모래내시장으로 나갔습니다. 길가에 앉아 있는 노점상 할머니들한테서 미나리, 배추, 오이, 실파, 생강, 당근, 청양고추 등을 사가지고 왔습니다. 인터넷을 통해 돌나물물김치 레시피를 몇 번 들여다보고는 나는 바로 움직이기 시작했습니다. 시장에서 사온 것들 숭숭숭 썰어 넣고 천연암반수를 몇 병 부었습니다.

여기에 또 밥 한 덩이 믹서기에 갈고, 멸치액젓도 풀고, 고춧가루도 대강 섞어주고, 양파에, 다진 마늘에, 매실청까지 넣고는 이게 빠질 수 없지 하며 다시마국물도 만들고, 사과도 한 개 대강대강 썰어 넣고는 곰소에서 사온 천일염으로 간을 맞추었습니다.

말이 돌나물 물김치지, 돌나물은 물러지니 먹을 때야 넣으

라는 말씀. 그렇게 2017년 5월 18일 하루가 지났습니다. 다음날 아침 물김치는 냉장고에 들어가고 또 하루 지나고 아~ 가슴이 확 뚫리는 시원한 물김치가 감쪽같이 나왔습니다. 거참, 내 생전 처음 일인데 알고 보니 물김치 만드는 일은 식은 죽 먹기였습니다.

봄

죽지 않고 살아 있었구나.
이게 네 삶의 모습이구나.
자전거를 타고 지나가는 아중천
어느 집 모퉁이에
한 떨기 진달래가 피어 있다.
매화꽃도 피어나고 있다.
아직 어디에 묻혀 있는지도 모르는
안중근, 순국 100주년
2010년 3월 26일 아침
전주아중중학교 담장이 온통
노랗게 물들어 있다.
개나리개나리개나리개나리개나리
꽃

아리랑

삐비 뽑고 진달래꽃 따던
그 소녀가 노래 부른다.
강을 건너고 바다를 건너고
절벽 끝에 서서
연말 KBS 무대에 서서
고요히 노래 부른다.
꽁꽁 묶어놓은 칠십 년 세월
표정도 없으시더니
어깨를 너울너울 춤을 추신다.
울멍울멍
소녀상 눈망울에 흰 구름도 보이고
살구꽃도 보인다.
십오 세 그 소녀가 오늘
소리 높여 소리 높여
노래 부른다.

제 5 장

촛불혁명

비탈길, 붉은 강이 흐르네

흐리고 추운 날 지상의 별들 피어나네.
서울시교육청 올라가는 비탈길에 가득가득
촛불이 피어나네.
한해가 기우는 12월 토요일 저녁,
팔도 교사들이 붉은 강물을 이루었네.
초등학교 6학년 여학생이 단상에서 울먹이네.
"우리 선생님을 돌려주세요.
선생님은 잘못이 없다고 생각합니다."
오늘 아침 신문을 펼치다가
사진 한 장에 나는 눈시울이 뜨거워졌네.
한겨레신문 1면 톱기사
– 경찰 에워싸자 학부모 '인간띠 방어'
– '아스팔트 수업'은 따뜻했네
– 일제고사 해임 박수영 교사 '야외수업'
학부모와 학생에게 일제고사 선택권을 준
그래서 체험학습을 허락한 교사가
땅바닥에 앉아 있네.
학생들도 둥글게 땅바닥에 앉아 있었네.
밤 12시까지 남겨 공부시키는 나라

대한민국 교사들이 오늘 서울에 왔네.
성적순으로 수십만 명씩 줄을 세우고
사교육을 번창시키는 나라의 교사들이
비탈길에 모여서 불을 피우네.
추운 날 땅바닥에 앉아 붉은 강이 되었네.
– '아스팔트 수업'은 따뜻했네

호접몽 胡蝶夢

아~ 내가 아파트에서 호접을 피우다니ㅡ
한 줄기 꽃대가 시나브로 오르더니
보랏빛 일곱 송이가 활짝 열리고
이스라엘은 헤즈볼라를 제거한다며 한 달 내내
레바논 민간지역에까지 포탄을 쏟아 부었다.
카나마을에서는 어린이 34명이 죽었다 한다.
호접은 세 줄기 꽃대가 더 솟아나고
아마 가을이 지나고 첫눈이 내리도록
이 꽃들, 아니 이 나비들은 멀리 창밖 세상을
내려다보며 내 곁에 머물 것만 같다.
교육부는 성과상여금을 지급한다며
전국의 교사들을 A, B, C 등급으로 나누고
교사들은 반납운동을 전개하고 있다.
"교육은 보험회사의 붉은 그래프가 아닙니다."
나비는 매일 기도한다. 그러더니
추석을 앞둔 어느 날 아침, 한겨레신문에서는
한국고속철도 20대 여승무원들이
정규직 전환을 요구하며 입마개에 X를 붙이고,

상체를 쇠사슬로 묶고
노동부를 향하여 일렬횡대로 절규하고 있다.
아침 햇살을 받으며 나의 나비는 오늘도
나풀나풀 세상을 향하여 명상한다, 꿈을 꾼다.

타워크레인 김진숙

지상에선 저마다 한 가지씩 소원을 들고 밤하늘의 별을 바라봅니다. 나는 한진중공업 85호 타워크레인에서 저 아래 슬픔의 땅을 내려다봅니다. 지난겨울 이곳에 올라온 이후 봄도 지나고 여름도 지나고 이제 11월 찬바람이 불 때까지 내가 오로지 꿈꾸는 것은 170명 정리해고가 철회되는 것입니다.

더 이상 갈 곳이 없는 벼랑 끝에서 나는 한시도 놓치지 않고 2003년 바로 이곳에서 목을 맨 한진중공업 노조위원장이었던 김주익 동지를 생각합니다. "해고는 살인이다." 매일같이 외쳐대는 조합원들의 불안한 눈빛을 헤아리며 나는 낮에도 밤에도 나풀나풀 나비가 되어 당신들 곁으로 날아갑니다.

돈이 인간을 지배하는 세상, 내 한때 신문배달, 우유배달, 봉제공, 버스안내양, 용접공 등등 전전하며 지내던 세상이지만 0.75평 지상 35m의 공중에서 나는 아직 소녀처럼 꿈꾸고 있습니다. 하얗게 찔레꽃 피어나는 5월, 우리 모두 손을 맞잡고 밤하늘 저 별 무더기 속으로 날아오르고 싶습니다. 당신과 눈을 맞추고 싶습니다.

은행나무

2월,
토요일 오후 여의도,
연둣빛 둥근 지붕 국회의사당 앞에 서 있었다.
사립학교법 때문에
교육자치도 없는 교원평가 때문에
우리는 또 외치고 있었다.
일천의 주먹이 올라갈 때 나는
보았다, 국민은행 앞에 길게 늘어선,
매연으로 까맣게 탄 은행나무에
닥지닥지 붙어있는, 마악 터져 나올 무수한
눈들을 보았다.
살아 있다는 것만도 장한 일이지.
머리부터 발끝까지 안간힘 쓰면서
버티는구나.
저 지붕의 연둣빛이 이 땅의 봄을 외면해도
사방팔방, 불쑥불쑥
거리의 나무들은 저 가식의 지붕을 시퍼렇게
포위할 때가 올 것이다.
죽지만 않고 살아 있으면―

찔레꽃

2007년 5월 17일 아침, 한겨레신문에서는
미국 존스홉킨스대 한국인 과학자
지명국 박사가
지구에서 50억 광년 떨어진 은하단에서
암흑물질로 이뤄진 지름 260만 광년의
고리를 발견했다고 알렸습니다.
빛을 반사하지도 스스로 빛을 내지도 않아
암흑물질로 불린다고 합니다.
같은 날 12시, 은하계의 어느 한
모퉁이 한반도 땅에서는 남북철도연결구간
열차시험운행이 있었습니다.
문산역에서 개성역으로 올라가고
금강산역에서 제진역으로 내려오고
동해바다는 마냥 넘실거리고, 57년 허기진
꿈이 임진강을 무심히 건너고—
암흑물질이 무엇인지는 잘 모르겠어도
뉴스는 열차시험운행을 반복하며 감격해 합니다.
밤 10시가 넘어 산책 나가는 뒷산,
전주시 덕진구 인후공원 가는 길에서는

아카시아 향기가 벌써 시들어가고,

하얀 찔레꽃은

밤하늘의 별처럼 무리 지어 피어 있었습니다.

촛불과 헌법 제1조

달도 없고 별도 없는 밤,
서울시청 광장에서는 오십만의 촛불이 켜졌다.
전주 팔달로에도 일만 수천의 촛불이 켜졌다.
방방곡곡 긴 행렬은 계속되고 있다.
살수차, 직각의 물대포에도
경찰의 방패찍기에도, 군홧발 폭력에도
해는 내일도 모레도 뜰 것이기 때문이다.
어린 소녀들의 갸륵한 용기가 있었고
유모차를 미는 젊은 엄마들이 있었기 때문이다.
그래, 대한민국은 민주공화국이기 때문이다.
산은 산이요, 물은 물이라더니
세상에! 이런 아름다운 노래가 있었던가.
'대한민국 헌법 제1조'를 팔달로
넓은 차도에 앉아 불러보는 건 참 야릇하다.
"대한민국은 민주공화국이다.
대한민국의 모든 권력은 국민으로부터 나온다."
미국 광우병소와 더불어, 대운하와 더불어
공교육 포기 '교육자율화'와 더불어
서울시청에서, 광화문으로, 청와대로

금수강산 전역으로, 프랑스 파리에서도

독일 베를린에서도 전 세계 16개국 사방에서

둥둥둥 북소리 울리네.

달도 없고 별도 없는 어두운 밤,

거리마다 흘러넘치는 미리내 고운 별들아.

금강초롱 속에는

금강산온천 식당 2층,
금강산을 바라보며 아침식사를 했습니다.
1층 로비에 전시된 액자 속에서 보랏빛
금강초롱을 보았습니다.
고개 숙인 그 수줍은 모습에서
옥류관의 점심 내내 평양 말씨로 시중을 들던
여성접대원 동무가 떠올랐습니다.
새벽녘이 다 왔는데 대동맥주 다 내주고,
끝내 남한산 하이트까지 바닥나게 해준
구릿빛 얼굴 금강산호텔 근무자 두 명,
전주 모악산을 잘 알고 있어 더 반가웠던
젊은 동무들이 생각났습니다.
금강산 만물상에서 처음 발견되었다는
세계 1속 1종, 숲속 그늘을 좋아하는
금강초롱 한 송이 꽃 속에는
어제 그 옥류동, 연주암, 구룡폭포, 상팔담
귀면암, 절부암, 천선대, 망양정의 하늘과
꿈결처럼 풀어지던 안개의 너울춤과
구름을 열고 반갑게 비쳐오던 햇살과

구슬땀을 스치고 가던 바람이
하루 사이에 황홀한 모습으로 다가왔습니다.
광복 60주년 8 · 15 민족대축전 때
현충원을 방문한 김기남 북쪽 단장의
묵념도 녹아 있을 것입니다.
휴전선을 활짝 열고 공사하는 남북로 옆
동해의 파도소리도 끝없이 들려왔습니다.

홀로코스트

얼굴만 남기고 한 어린이가 묻혀 있다.
다행히 눈은 감고 있다.
또 다른 세 어린이들이 시멘트 바닥에
나란히 인형처럼 누워 있다.
팔레스타인 가자지구에서는 연일
이스라엘의 홀로코스트 복제음악이 흘러나온다.
가스실로 들어가는 유대인을 위하여 울리던
유대인의 그 음산한 행진곡이 21세기
지금에도 힘차게 울리고 있다.
2009년 1월 어느 오후 3시 휴전시간,
백기를 높이 들고 빵을 구하러 나오던 젊은
아나의 머리에 총알이 관통한다.
다리에 총상을 입은 어린 딸은 엄마를 두고
기어서 건물 속으로 되돌아간다.
"그래, 아우슈비츠의 이 오케스트라는
가스실로 들어가는 저 내 가족의 영혼을 위하여
그칠 수가 없어. 나는 계속 살아야 해.
음악은 내 목숨을 버티게 하는 위대한 힘이야."
팔레스타인 청년들이 언덕에서 돌을 던지고,

건물에 붙어 있던 이스라엘 병사의

자동화기가 불을 뿜어낸다.

침공 20일 만에 민간인 천 명이 죽고

초토화된 건물 속 홀로코스트, 꽉 들어찬

유대인들을 싣고 검은 기차가 움직인다.

촛불미사를 바라보며

우리들은 순천향병원 영안실
냉동고에 갇혀 있습니다.
한겨울에 들어와 지금은 한여름 초복인데
여전히 꽁꽁 얼어붙어 있습니다.
아무도 사과하지 않고 있습니다.
경찰은 그때 그 상황을 모델 삼아
대테러종합훈련을 하고 있습니다.
그들이 원하는 대로 산 자도
죽은 자도 지쳐가고 있습니다.
용산구 남일당 옥상에 치솟던 붉은 절규가
장례식장 5억 원 빚으로 돌아왔습니다.
사과 받지 않아도 좋아요.
경찰특공대와 용역업체의 강경진압도
모두 용서할 수 있어요.
매일 밤 촛불미사를 바라보며
우리들 다섯이서 오로지 소망하는 것은
재판부가 검찰을 향해 지시한
미공개 수사기록 삼천여 쪽 공개명령이
이행되는 것뿐입니다.

꽁꽁 얼어붙은 우리들 죽음의 진실이
언제나 풀릴까요.
장맛비에 넘실거리는 한강물처럼
강물 위에 떠돌다가는 바람들처럼

임정가 臨政歌

한님을 아시는가 천지인이 한님이라. 우리 성조 단군 이래 여기서도 한님 한님 저기서도 한울님 한울님, 해와 달을 바라보며 흰옷 입은 학의 무리 홍익으로 살아오더니, 아리랑 아라리요 우리 한님 어디 가셨나. 무궁화 배달나라 한울이 무너지네. 흐르던 피 거꾸로 솟고 머리 풀어 통곡하네.

태극기 한 장 들고 쏟아지는 삼일만세, 천하의 동지들아 백척간두 진일보라 우리 한번 죽어보세. 일천구백십구년 사월 십삼일 이역만리 상해에서 대한민국 임시정부 드디어 선포하네. 이동휘 등장하니 처처에서 환호하고, 안창호 움직이니 실력양성 탄탄하다. 이동녕 이시영 노백린 신규식 삼균주의 조소앙 그 이름 아름답다 아름다워라. 홍범도 봉오동전투 김좌진 청산리대첩 그야말로 통쾌하다. 죽을 기회 주십시오 지하에서 만납시다. 김구 주석 이별 후에 도쿄에서 이봉창, 상해에서 윤봉길 온 세상을 놀라게 하네. 상해에서 중경까지 팔년 동안 쫓기면서도 외교투쟁 무장투쟁 구구절절 이어지네. 광복군 총사령관 이청천 빛나도다. 일제와 독일 향해 선전포고 하였으니 이 아니 당당한가.
우리 임정 돌아오네, 고운 님들 이제 오네. 임시정부 법통 이어 대한민국 세워졌네. 임시정부 기념관이 어여쁘고

어여뻐라. 남녀노소 애지중지 만세만대 빛나리라. 이십칠
년 붉은 마음 바로 지금 이어받아, 통일한국 세계일가 한
겨레가 이뤄내자. 아리랑 아라리요 임정가로 놀아보세, 아
리랑 아라리요.

　우리 임정 돌아오네, 고운 님들 이제 오네. 임시정부 법통
이어 대한민국 세워졌네. 임시정부 기념관이 어여쁘고 어
여뻐라. 남녀노소 애지중지 만세만대 빛나리라. 이십칠년
붉은 마음 바로 지금 이어받아, 통일한국 세계일가 한겨레
가 이뤄내자. 아리랑 아라리요 임정가로 놀아보세, 아리랑
아라리요.

* 임정가 :　'임시정부가'를 줄인 말. 2006년 6월 23일 임시정부기념관 건립
위원회 발족식에서 박윤초 명창이 작창하여 불렀던 단가.

우리 강은 왜 울어야 하는가

태양은 스스로 타오른다.
지구는 태양계를 흘러가고 있다.
한반도 우리의 강도 수억 년 쉬지 않고 흘러왔거늘
우리 강은 지금, 왜, 울어야 하는가.
수억 년 또 흘러가야 할 어머니 젖줄을
누가 함부로 움켜쥐는가.

낙동강에 포클레인이 들어간다.
한강, 금강, 영산강에 붉은 괴물이 들어간다.
너와 나 우리 모두의 고향
어머니의 자궁이 유린당하고
눈부신 살결 뒤집히며 붉은 피 흘러간다.
다슬기도 송사리도 붕어도 메기도
장어도 꺽지도 쏘가리도 모두들 잘 있는가.

태양계는 은하를 돌고
은하는 국부은하군을 돌고 돌고 돌고 돌고

흘러오는 강을 호수로 만들지 말고

흘러가는 강이 제 모양 제 속도대로 흐르게 하라.
강물 속에서 피어나는 이 휘황한 별들을
누가 죽이고 있는가.
누가 우리의 강을 울리고 있는가.

큰빗이끼벌레

너무 미워하지 마세요.
나도 지상의 어엿한 생명체입니다.
괴물로 보지 마세요.
뜯어보면 나는 큰 빗자루처럼 생겼고
하늘하늘 춤도 잘 추고
이끼처럼 모여서 잘 살아요.
흐름이 없는 고요를 좋아하지요.
허벅지처럼 하얗던 모래밭이 파헤쳐지고
반짝이던 달빛 강물이 사라지던
그, 그, 월식 날, 그것도
개기월식, 세상이 온통 깜깜하던 밤
어머닌 그 몹쓸 놈들한테 당해버렸대요.
아무리 아무리 발버둥쳐도
어깨가 무지막지 큰 그놈들한테
그저 숨막히면서 당한 거지요.
난 그렇게 태어났어요.
내가 죄인인가요.
어머니가 죄인인가요.
나는, 나는, 어떻게 살아야 하나요.

언제까지 괴물로 살아야 하나요.

이팝나무 길

하늘이 어둡고 봄비가 내리더니
오늘은 세월호 참사 15일차,
이팝나무에 흰 쌀밥이 눈부시게 빛나는
대한민국 도로, 살아서 슬픈 길을
대한민국이 조심조심 걸어간다.
아이들은 학교 끝나고도
이 학원 저 학원 순례해야 하고
88만원 세대 청년 구직자들은
아무리 바둥거려도 들어갈 곳이 없고
급기야 출산율 최저의 나라
우린 그렇게 길들어진 거야.
절대 움직이지 말라 해놓고
우린 대체 무슨 일을 한 거야.
세월호를 정말 기억할 거라면
아이들을 학벌주의 감옥에서 풀어줘야 해.
노동자들을 비정규직 굴레에서
해방시켜야 해.
두더지들의 비밀통로를 깨 버려야 해.
하지만 우린 지금 목구멍이 포도청,

살아남는 것도 힘들어져 버렸어.

더 이상 버틸 산소가 없어.

어쩌면 세상이 바뀔 수 있지?

이를 어쩌나, 어쩌나

이팝나무 흰 쌀밥이 넘실거리는데

분향소 가는 길이 눈이 부신데

트럼프에게

백악기 일억 년 동안이
공룡의 전성기라지요.
길고 긴 동안 지구를 군림했는데
공룡은 왜 갑자기 사라졌냐고요?
말들 들어보니
거대한 운석이 충돌해서
화산 활동이 많아져서
지구 온도가 떨어져서 등등
멸종 가설은 참 많기도 합니다.
그러나 분명한 건
공룡의 덩치가 너무 컸다는 거 아니겠어요.
적응을 못했던 게지요.
그러니 여보소, 트럼프 양반.
함부로 힘자랑 말아요.
당신의 위기를 괜한 위협으로 흐리지 말라고요.
동박새와 동백꽃 애기 못 들었나요.
벌, 나비 없는 추운 날에
새는 꿀 먹어서 좋고
꽃은 꽃가루받이해서 좋고

그거 참 얼마나 보기 좋은가 말이요.

짓눌러 단김에 끝내려 말고

상대 말 좀 진중히 들어봐요.

서로 좋을 일 찾아보라고요.

이러다가 당신이 먼저 나가떨어지겠어요.

지금은 공룡시대가 아니라니까요.

사드 아이러니

검증도 안 되고 구실도 못할 가상 물건으로
동네방네 온통 시끄러우니 챙피하고
알 수 없어요.

전시작전권은 종이비행기처럼 날려버리고
휴전선 대북확성기는 소리 높이고

위안부할머니 팽개치고 아베 손 잡으면서
개성공단 결딴내고

함경도 물난리로 수백 명 죽어도
접촉불가 틀어막으며 강 건너 불구경

참새 한 마리 날지 않는 저 너른 들녘에
어느 설치작가, 허수아비 세워 놓고 보라 하는지
난 알 수 없어요.

설악산 단풍 소식이 오면
내장산도 성주 땅도 곧 붉어지는데

도무지 알 수 없어요.

하늘이 이토록 눈부시고
흰 구름 뭉게뭉게 피어오르는 가을날 오후,
나는 끝내 알 수 없어요.

소녀상

세상에
도무지 도무지
이럴 수가
주먹을 쥐며 가슴 칠 일 생기면
넓은 연잎을 향해 '이 지악스런 세상'
침을 뱉어 보세요.
아침마다 신문을 펼쳐 놓고
머릿속이 아득해질 때
바로 그 연잎 위에서 무슨 일이 일어나는지
떠올려 보세요.
세상에 이럴 수가,
그 슬픔과 자포자기와 분노는 데구르르
옥구슬이 되어 굴러갑니다.
기적이 일어납니다.
이십여 년 세계 최장기 수요집회 때마다
종로 일본대사관 앞에서는
연꽃이 피어납니다.
희미하던 달빛마저 사라지는 월식
깜깜한 천지 개기월식 날에

연이파리 안으로 또르르 옥구슬 굴러 내립니다.

아무리 분개하고

외치고

몸부림해도

요지부동 변함이 없는 들판 여기저기에

아침이슬 반짝, 피어나고 있습니다.

촛불혁명

텅 빈 논들을 바라보며 서울로 간다.
죽창 대신 가슴속에 촛불 하나씩 품고 광화문으로 간다.
일백만 농민군이 되어
방방곡곡 분노의 어깨를 엮어 서울로 간다.
천안을 지나면서 줄줄이 이어지는 관광버스들
온 나라 버스들이 다 모여서 서울로 간다.
세월호 일곱 시간 따지러 끝없이 간다.
백남기 전사의 꿈 이루기 위해 농민군들 쳐들어간다.
박근혜 포위하러 올라간다 올라간다.
국정 역사교과서 불태우러 서울로 간다.
하야가를 부르며 신나게 굴러굴러 또 달린다.
삼일만세 탑골공원 골목길에서 우리는
썩어서야 꽃 피우는 홍어탕에 소주 몇 잔 기울이고
다시 시청 앞 광장으로 진격이다.
농민군의 후예들이 흥겹게 흥겹게 쏟아져나온다.
아~ 여기 오늘 서울이여, 해방구여.
사람이 물결이다, 사람이 강물이다, 사람이 촛불이다.
어두워서 우리는 모두 촛불이 된다.
촛불이 일어서고, 파도로 함성으로 뜨겁게 휘몰아친다.

우리는 모두 일백만 농민군 별이 되었다.

미리내 별무리가 되어 효자동으로 간다.

비리의 근거지를 포위하러 간다, 체포하러 간다.

남과 북 철조망도 걷으러 간다.

금강산도 개성공단도 다시 살리자고 촛불이 탄다.

여기 평화의 땅, 여기 서울 해방구여.

북이 울리고 꽹과리가 울리고 징소리 울리도다.

모두 일어서 덩실덩실 춤을 추노라.

혁명의 11월 가을 하늘에 푸른 깃발 넘실넘실 흔들리노라.

한바탕 축제

한새벽인데 라일락꽃 속에 나비가 고요하다.
마치 사랑에 빠진 연인들 풍경이다.
그래도 나비는 꽃이 아니지.
나비는 나비일 뿐 꽃이 아니지.
꽃도 나비가 아니지.
꽃은 꽃일 뿐 꽃은 나비가 아니지.
맞아. 서로 달라서 큰 꽃을 이루는 거지.
숲이 아름다운 건 다 다르기 때문이야.
모두 달라도 함께 어울리기 때문이야.
그래서 한바탕 축제가 이루어지는 거지.
그래서 한반도의 허리 비무장지대는
세계평화의 놀이터가 될 수 있지.
우리 지금부터 한판 놀아보자고.
난 전주역에서 기차를 타고 금강산으로, 원산으로
두만강으로, 시베리아로, 독일의 라인강으로
빙빙 달려보고 싶다네.
나풀나풀 라일락꽃 속의 나비가 되고 싶다네.
우리 여기 오기까지

얼마나 많은 눈물로 강을 이루어 왔던가.

하나하나 촛불이 되어 타오르지 않았던가.

우리 눈앞에 고요히 역사가 익어가고 있네.

라일락과 나비는 지금도 포옹 속에 있구나.

그렇게 새아침이 활짝 열리는 거겠지.

비무장 평화지대에서 우리 한바탕 놀아보자고.

155마일 평화의 띠

사하라의 모래밭이 바람을 만나
아름다운 곡선의 모래언덕을 지어내듯이
섬진강 물과 지리산 자락 사이에서는
눈부신 백사장의 띠가 만들어지는 것이다.
북극과 남극과 적도 사이에 열대, 아열대,
온대, 한대 등이 그려지는 것이다.
태양과 바다의 힘 사이에서 태풍의 눈과
그 궤적은 탄생하는 것이다.
155마일 한랭전선이 만들어낸
비무장지대, 생태계의 천국 평화지대는
그렇게 만들어진 것이다.
인간의 출입만 없어도 하~ 숲속은
이렇게 극락정토가 되는가.
이산가족은 시나브로 죽고, 죽고, 없어지고
길고, 길고, 끈질긴 이 띠는
남과 북 권력 게임과 권력의 부패를 마시며
지상 최고의 공원을 만들어내는 중이지.
힘과 힘 사이 안갯속 경계지대

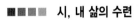 시, 내 삶의 수련

태어나지 않은 시가 나를 설레게 한다

김광원

"내가 물을 긷고 장작을 나르다니."

어느 젊은이가 스승 밑에서 공부하다가 내뱉은 이 한 마디에 얼마나 큰 뜻이 담겨 있는지도 모르고 난 서른 초반까지 살아왔다. 그러다 은사님의 안내로 한용운을 공부하면서 선禪의 개념에 눈이 뜨이고, 그게 곧 불교의 공空사상이라는 것을 알게 되었다. 그때까지 끌어왔던 내 과거의 인식과 고통이 한순간에 날아가 버렸다.

난 중고교 시절 가까운 친구들과 꽤 오랫동안 어떤 유사종교에 빠져 지낸 적이 있다. 나중에야 속아 살아온 걸 알게 되었을 때, 세상이 그렇게 허망할 수가 없었다. 그때의 정신적 충격은 나를 추스르기 힘들게 하였고, 그때 다가온 것이 시였다. 나는 어찌할 바 모르고 방황하던 내 마음의 풍경을 낙서처럼 글로 쓰곤 했다.

용기를 내어 고등학교 때 은사님을 찾아뵙고 어렵사리 시 한 편을 내밀었고, 두 번째 뵈었을 때는 장족의 발전이 있구나, 라는 한 말씀에 다소 위안을 받았다. 그렇게 하여 공허하기만 하던 내 젊은 날의 삶은 시를 향한 열정으로 서서히 채워지게 되었다.

내 시에서 찾아지는 존재론적 의미는 그렇게 출발한 것이다. 삶은 어떤 것인가, 어떻게 살아가야 할 것인가를 나는 시를 공부하면서 익혀나간 것이다. 젊은 나이 때의 내 내면을 비교적 잘 담고 있는 시로 「부초」와 「풍뎅이」를 들 수 있다.

나를 당신의 종으로 써 주십시오.
성도 모르고
호적도 없는 나에게
뿌리를 내려 주십시오.
달빛에 젖은 꿈에
취해
취해
차가운 새벽
나는 누구의 흔적이 되어
이렇게 홀로 남아 있는 것입니까.
무릎 꿇고
끝없이

당신이 오는 길목

안개를 쓸어내고 있습니다.

나를 붙잡아 주십시오.

뿌연 안개 속에서 당신을

기다릴 뿐

태어나지도 않았습니다.

그러기에 죽음도 없습니다.

나에게 나의 죽음을 주십시오.

뿌리를 내려 주십시오. -「부초」 전문

언제쯤이면

이

무거운 팔다리가

달아날까요.

언제쯤이면

이 땅을

제대로

바라볼 수 있을까요.

빙빙 돌아도

어지럽지 않아

기쁜

날개

나에게도
과연
손님이 오실까요.
마당 쓸 날이 올까요. -「풍뎅이」전문

어린 시절 참나무에 올라 풍뎅이며, 사슴벌레를 잡으며 놀곤 했다. 잡아온 풍뎅이의 목을 한번 비틀고는 땅바닥에 놓고 "풍뎅아 풍뎅아 손님 온다 마당 쓸어라." 하며 풍뎅이 주변을 손가락으로 빙빙 돌려주면, 신기하게도 풍뎅이는 두 날개를 활짝 펴고 온 힘을 다하여 마당을 쓸었다. 목이 비틀려 방향을 잡을 수 없는 풍뎅이는 날지도 못하고 땅바닥 제자리에서 이리저리 움직이며 몸부림을 했던 것이다.

나는 아직도 그'풍뎅이'를 안고 산다. 지금 생각해 보면 이 시 풍뎅이는 내 삶의 화두였던 셈이고, 지금도 그 화두를 품고 산다. 온통 비틀리며 강제당하고 속아 사는 절망적 세상에서 정말 기적 같은 날은 올 수 있을까.

나는 이를 꿈꾸며 시를 써왔던 것이고, 앞으로도 이런 시 쓰기 작업은 계속 이어질 것이다. 청소년기를 포함한 젊은 날의 절망과 좌절은 내 시 쓰기 작업의 밑거름이 되었을 것이다.

시를 쓰고 문학을 하면서 가장 크게 다가온 나의 기적은 앞서 말했듯이 만해 한용운과 더불어 찾아왔다. 대학의 은사님께서 한용운 연구를 추천한 것이다. 나는 한용운을 이해하기 위해 선을 알아야 했고, 불교의 공사상을 이해해야 했다. 공을 공부하면서 내 과거의 긴 고통은 눈 녹듯이 사라져 버렸다. 젊은 날의 고통과 삶에 대한 고뇌는 껍질을 깨고 빠져나오기 위한 기나긴 방황의 수업이었던가. 그렇게 하여 내 시의 방향은 강물이 흘러가듯 자연스럽게 결정되었고, 시는 내 삶의 수련이 되었다.

 "나를 당신의 종으로 써 주십시오. / 〈중략〉 / 무릎 꿇고 / 끝없이 / 당신이 오는 길목 / 안개를 쓸어내고 있습니다. / 나를 붙잡아 주십시오. / 뿌연 안개 속에서 당신을 / 기다릴 뿐"

 위의 「부초」에서 기다리는 '당신'과 「풍뎅이」에서 기다리는 그 '손님'은 알고 보니 내 안에 이미 들어있었던 것이다. 이 얼마나 큰 발견인가. 그러나 나는 여전히 내 안의 그것을 잘 다루지 못하고 서툴다. 그래서 나는 계속 시 쓰기를 포기할 수 없다. 시를 계속 써나가면서 어렴풋한 내 안의 그 얼굴을 좀 더 가까운 모습으로 그려내고 싶은 것이다.

 내가 꿈꾸는 일은 있는 그대로 세상을 보고 싶은 것이다. 그러나 그게 어디 쉬운 일인가. 나는 하루 종일 내 삶의 속성에 길들여 살고, 내 방식대로 생각하고 바라보고 움직인다. 온통 선입견 속에서 살아가고 있다. 내 안의 선입견과 내 방식의 관념에서 벗어난다면 세상은 얼마나 지금과 다르게 빛날 것인가. 그래서 내 시 쓰기는 내 안의 '나'와 만나는 작업이라 하겠고, 시는 내 사고의 변모 과정을 담아내는 자화상 같은 것이라 할 수 있을 것이다. 「파도타기」나 「대장도 폐가」같은 작품들은 그런 과정에서 나온 시들이라 할 것이다.

물결이 높아질수록 신명이 난다네.
파도와 싸우지 않고 파도를 즐긴다네.
무너지고 일어선다는 게
모두 거품이라는 걸 알고 나면
삶은 순간순간 오묘해지지.
깨어 있다는 건 바람을 타는 일,
호흡과 호흡 사이를 바람처럼 지나가는 일
푸른 불덩이가 다시 밀려오네.
절정이 고랑이 되고 고랑이 절정이 되네.
꿈꾸던 이어도가 발밑에 놓여 있네.
잘 사는 일은 잘 무너지는 일,
만남보다 이별이 떨리듯이
파도보다 먼저 무너져 있어야 해.
무량수 은하의 별들을 바라보았고

끝없이 넘실거리는 물결을 타고 있는데
더 이상 갈 곳이 어디 있는가.
절정이 고랑이고 고랑이 절정이네. -「파도타기」일부

대장도 할망바위가 내려다보는 숲자리에
나무집 하나 허물어지고 있네.
주변은 이미 풀들로 가득 채워지고
썩어가는 기둥들 사이로 밝은 햇살이 비치네.
저 아래 바다가 일렁이고 파도 밀려오면
수백 수천의 바람, 히말라얀 그리폰독수리들
은빛 파도 꼭대기에 앉아 방향을 잡는다네.
기왓장이 삐져나와 떨어지고
서 있던 흙들이 뿌리 곁으로 눕고
지붕 위에선 망초꽃 피고지고
매일 저녁, 배고픈 독수리 떼들
떨어져나간 판자들 그 틈새마다
기둥과 기둥 사이마다 바람을 풀어놓으며
큰 날개를 펴고 까맣게 몰려오겠지.
팔다리, 몸통 차례차례 떨어져나가고
그때쯤 서까래 구멍 사이로 하늘도 비치고
별들도 숭숭 내려오겠지.
선반 위에는 빈 소주병들이 몇 서 있네.
저 소주병 쓰러지고 나면 아직 이곳을 맴도는

그때 집주인의 꿈도 잊혀지려나.

집 둘레는 지금 온통 푸르고,

노란 마타리꽃, 보랏빛 모싯대꽃

뚝갈꽃이랑 며느리밥풀꽃이랑 모두 한창이네.

- 「대장도 폐가」 전문

그러나 '내 안의 나'는 홀로 존재하지 않는다. '내 안의 나'는 '너'에서 비롯하였고, '너'를 떼어놓고선 '나'는 존재할 수가 없다. '내 안의 나'와 '네 안의 너'는 본래 둘이 아니고 하나였던 것이다. 내 안부는 너의 안부에서 나오는 것임을 어찌 모르랴. 그래서 시인은 자신의 한계를 자각하며 울기도 한다. 있는 그대로 세상을 바라보려고 노력하는 일은 세상이 왜 아프고 슬픈가를 아는 일과 다르지 않다. 그래서 시인은 슬픈 존재일 수밖에 없다.

굳이 윤동주의 「쉽게 씌어진 시」 "인생은 살기 어렵다는데 / 시가 이렇게 쉽게 씌어지는 것은 / 부끄러운 일이다. // 육첩방은 남의 나라 / 창밖에 밤비가 속살거리는데, / 등불을 밝혀 어둠을 조금 내몰고, / 시대처럼 올 아침을 기다리는 최후의 나. // 나는 나에게 작은 손을 내밀어 / 눈물과 위안으로 잡는 최초의 악수."와 같은 내용을 거론하지 않아도, 세상은 항상 아픔으로 가득 차 있음을 안다. 그래서 때로 시인은 병든 세상을 향하여 목소리를 높이기도 한다.

텅 빈 논들을 바라보며 서울로 간다.

죽창 대신 가슴속에 촛불 하나씩 품고 광화문으로 간다.

일백만 농민군이 되어

방방곡곡 분노의 어깨를 엮어 서울로 간다.

천안을 지나면서 줄줄이 이어지는 관광버스들

온 나라 버스들이 다 모여서 서울로 간다.

세월호 일곱 시간 따지러 끝없이 간다.

백남기 전사의 꿈 이루기 위해 농민군들 쳐들어간다.

박근혜 포위하러 올라간다 올라간다.

국정 역사교과서 불태우러 서울로 간다.

하야가를 부르며 신나게 굴러굴러 또 달린다.

삼일만세 탑골공원 골목길에서 우리는

썩어서야 꽃 피우는 홍어탕에 소주 몇 잔 기울이고

다시 시청 앞 광장으로 진격이다.

농민군의 후예들이 흥겹게 흥겹게 쏟아져나온다.

아~ 여기 오늘 서울이여, 해방구여.

사람이 물결이다, 사람이 강물이다, 사람이 촛불이다.

어두워서 우리는 모두 촛불이 된다.

촛불이 일어서고, 파도로 함성으로 뜨겁게 휘몰아친다.

우리는 모두 일백만 농민군 별이 되었다.

미리내 별무리가 되어 효자동으로 간다.

비리의 근거지를 포위하러 간다, 체포하러 간다.

남과 북 철조망도 걷으러 간다.

금강산도 개성공단도 다시 살리자고 촛불이 탄다.

여기 평화의 땅, 여기 서울 해방구여.

북이 울리고 꽹과리가 울리고 징소리 울리도다.

모두 일어서 덩실덩실 춤을 추노라.

혁명의 11월 가을 하늘에 푸른 깃발 넘실넘실 흔들리노라.

  -「촛불혁명」전문

세상에서 가장 쉬운 말이면서 또한 가장 어려운 말이 송나라 청원유신 선사의 말 "산은 산이요, 물은 물이다."라는 말이라 생각한다. 사물을 선입견 없이 바라본다는 게 그만큼 어렵다는 뜻이다. 그래서 임제의현 선사는 "부처를 만나면 부처를 죽이고, 조사를 만나면 조사를 죽이라." 외치지 않았던가. 조지훈 시인 역시 "시와 선禪, 시가 마침내 선과 자리를 같이한다. 시도 또한 선이다." "선이란 종교에서 형식적 의례를 빼고, 철학에서 논리적 사유를 쫓고, 예술에서 수식적 기교를 버리고 남은 것이다. 선 ─ 생명 그대로의 발로"라고 하면서 시선일체詩禪一體를 주장한 바 있다.

시 쓰는 일은 나에게 아직 존재 그 자체를 바라보는 일만큼이나 어려운 일이다. 비록 시를 쓰는 도중이 아니면서도, 다음에는 어떤 시가 나오게 될까 하고 마냥 기다린다. 아직 태어나지 않은 시가 내 마음을 설레게 한다. 그 시는 불현듯 찾아오기도 하고, 몇 달 이상씩 뜸들이다 찾아오기도 한다. 어쨌든 시 쓰는 일은 내 살아 있음을 느끼게 하는 끝없는 화두라 할 것이다. *